Les Éditions du Boréal
4447, rue Saint-Denis
Montréal (Québec) H2J 2L2
www.editionsboreal.qc.ca

FAIS DE BEAUX RÊVES

DE LA MÊME AUTRICE

Cerises de terre, poésie, Le Noroît, 2019.

Virginie Chaloux-Gendron

FAIS DE BEAUX RÊVES

roman

Boréal

Dépôt légal : 3e trimestre 2020
Bibliothèque et Archives nationales du Québec

Diffusion au Canada : Dimedia
Diffusion et distribution en Europe : Interforum

Catalogage avant publication de Bibliothèque et Archives nationales du Québec et de Bibliothèque et Archives Canada

Titre : Fais de beaux rêves / Virginie Chaloux-Gendron.

Noms : Chaloux-Gendron, Virginie, auteur.

Identifiants : Canadiana (livre imprimé) 20200081284 | Canadiana (livre numérique) 20200081292 | ISBN 9782764626382 | ISBN 9782764636381 (PDF) | ISBN 9782764646380 (EPUB)

Classification : LCC PS8605.H3384 F35 2020 | CDD C843/.6—dc23

À mon fils,
que j'aime chaque jour qui passe.

The Last Man

CLINT MANSELL

Quelqu'un dit qu'il faut regarder la nuit
en face et que si l'on cille, une seule fois,
tout est perdu.

ANNE HÉBERT

Il y aurait la première seconde, la première minute et la première journée. La première semaine et le premier mois. Le temps où elle n'écrirait pas, où elle ne se lèverait pas. Il y aurait un grand espace blanc.

Je crois avoir tout prévu. Le lymphome, la mort subite, l'accident de voiture, la chute du quatrième étage, l'étouffement, la noyade, un kidnapping, une maladie orpheline dont tu aurais été la première victime, un cambriolage qui tourne mal, un chien agressif, un cerf-volant coincé dans un fil électrique, un ballon lancé au milieu de la rue. Je nous plonge sciemment dans des situations impossibles, les guerres que je crée dans ma tête sont intentionnelles. Je veux m'assurer que nous serons capables de nous en sortir. Y songer me garantit une prise sur la mort et me rassure sur le fait d'avoir bel et bien donné la vie et non un passé en latence, programmé dès les premières rondeurs du ventre sur lesquelles se seraient greffés les habits noirs de quelque spectre.

Imaginer ta fin réaffirme mon engagement quotidien envers toi. Malgré ma paranoïa, je te laisse marcher loin devant moi lorsque nous allons au parc ou au musée : Il ne lui arrivera rien. Je tente de contrôler ma panique de te voir seul au coin de la rue, je te fais confiance, tu sais où t'arrêter, mais vient invariablement le moment où je hurle ton nom. Tu tournes lentement la tête, et l'étincelle qui surgit alors de nos yeux se rejoint à mi-chemin. Un feu apparaît, notre folie partagée.

Quand je parle de toi comme si tu étais mort, on me traite de cinglée, on dit que je fais de la transposition, te transfère des tourments, les miens, qui ne t'ont jamais concerné. J'invente tout, je le sais. Au fur et à mesure que les jours passent, je plonge dans le Léthé pour te retrouver. Tu me parles, mais, sous l'eau, tes mots se transforment en bulles décevantes. Serait-ce pour cette raison que je te crois mort, toi qui vis au dehors, contrairement à moi ? Chaque jour, je te tue pour faire face au pire. J'en fais une doctrine. Tu es là, mais pour combien de temps ? J'appelle le drame à venir en y pensant, en le prévoyant. Je lui ouvre la porte en trouvant les mots justes pour l'imaginer, pour qu'il se construise un cadre et tombe dans le réel jusqu'à nous. J'ai toujours eu un sixième sens affûté à propos de ce qui me détruira tôt ou tard et je suis donc constamment sur mes gardes, imbuvable pour quiconque s'approche trop de ma personne, pour ne pas dire infecte. Cet acte, je l'écris pour qu'il soit joué sur la scène de mon théâtre mental.

L'amour d'une mère ne suffit pas à éliminer ce qui la précède, le sang qu'elle transmet n'est jamais vierge. J'aurais aimé te confier le secret de la survivance, mais pour cela il aurait d'abord fallu que j'appartienne au règne des vivants. Tu ne craignais pas ton ombre, tu jouais avec elle. L'ombre, ta pulsion absolue. Autour de moi, on répète que je ne peux avoir vu ce que je prétends avoir vu. Un enfant ne se lancerait pas volontairement… Mais j'ai assisté à la représentation finale. J'y étais, j'ai tout vu, et la manière dont tu t'es projeté ne laisse place à aucune interprétation en ce qui me concerne.

Je m'imagine accorder des entrevues sur le deuil de mon enfant. Les gens aiment ce genre d'émissions sensationnelles, ça leur donne l'impression de réaliser la chance qu'ils ont. Je mesure l'effet de mes paroles sur l'animatrice, je mesure ce que je dis à propos de nous. Qu'est-ce que tout cela signifie ? Je sens que mon corps est malade, il se réorganise autour de ton absence. Je me surprends souvent à croire que tu reviens, que cela n'est qu'un malentendu. La seconde qui t'a pris, je joue avec elle comme avec un dé pour renverser le cours des choses.

Il y a trop d'objets autour de moi, trop de sens à lancer dans le feu. J'aurais beau tout jeter, cela ne m'enlèverait rien. Je me sentirais exactement de la même façon.

Le soleil a une manière bien à lui de traverser les feuilles et de délivrer tous leurs secrets. De même pour moi. Je n'ai plus rien à cacher. Je marche avec l'assurance de celle qui ne craint plus rien. Je tourne en rond sur une terre étrangère.

Je ne vais pas mourir, mais je suis très fatiguée. Si seulement je pouvais m'endormir et me réveiller dans plusieurs années – ces années qui ne dureraient en réalité que quelques secondes. L'arrière de mon cerveau est à la traîne. Je tourne la tête, et ma nuque met plus de temps à accomplir le mouvement. Je le *sens* réellement, disloqué de l'intérieur. Ma hantise d'avoir un cancer du cerveau et de perdre la vue ne me ménage pas.

Si on me demandait quelle est ma douleur sur une échelle de un à dix, je répondrais probablement trois ou quatre, sous la moyenne. Je répondrais que je me sens comme la couleur vert foncé.

Nous vivons tous, tôt ou tard, des drames qui se passent de mots. Mais notre profil sur les réseaux sociaux reste intact. Les photos ne bougent pas, ne se suppriment pas d'elles-mêmes. Tout est fixé dans une sorte de permanence tranquille qu'en apparence rien ne viendra troubler. Je perds mon enfant, et ma page Facebook reste identique, aucune goutte de sang n'apparaît à côté de mon visage. On peut me parcourir sans difficulté.

Ce n'est pas un cauchemar, mais une image surexposée à laquelle je m'accroche comme si ma vie en dépendait. Les contours du décor disparaissent à la seconde où je crois les circonscrire. Tu t'emballes et te tournes, tes yeux me regardent et te voilà parti pour de bon. Je m'étais crue à l'abri en prévoyant l'événement. L'écrire de ma propre main me donnait du courage. Je me suis fait prendre. J'ouvre des portes sur la pointe des pieds, je poursuis l'urgence qui en moi fait battre son métronome. Je me lave les mains plus souvent, guette le chasseur dont je sais être la proie. J'érige une maison avec des matières premières. Du béton et des branches que je trouve par terre au parc Lockwell. Mourir ne me servirait à rien. Je mourrai à cent ans, j'ajouterai à ta vie des années.

Un garçon marche avec sa mère rue Saint-Jean à Québec. La saison chaude tire à sa fin. On sort les chaises sur les terrasses plus tard et on les empile plus tôt, les guirlandes multicolores pendent tristement au bout des lampadaires. Le petit tient un bonhomme en pain d'épice de sa main droite, et sa mère de l'autre. Il est difficile de savoir qui de la mère ou de l'enfant représente le quai ou le navire, qui protège qui. En passant devant La Faucheuse, un bar du quartier, il s'arrête brusquement, comme hypnotisé par le dessin grandeur nature qui se dresse sur la façade de l'établissement. Devant lui, la mort est peinte avec tout son attirail : sa faux, sa cape noire et son regard dément, sa force d'attraction. Le petit veut savoir d'où elle vient et surtout où elle va. Affolée, comme cernée par ses propres pensées mortelles, sa mère le tire par la main et s'éloigne rapidement. À partir de ce jour, elle emprunte des détours, mais cela n'empêche pas son fils de lui parler de la mort chaque fois qu'ils se rendent au parc de l'école Saint-Jean-Baptiste.

Je me couche sur ton tapis. Je fais rouler tes voitures en imitant ta voix, en imitant la mienne qui te répond. Je dois falsifier ma nouvelle voix afin qu'elle ressemble à l'ancienne, car elle a changé.

J'invente des souvenirs, je m'ennuie de tout ce que nous ne vivrons jamais. J'aime croire que nous sommes allés en Espagne.

Il fait terriblement chaud, tu supportes mal la chaleur. L'après-midi, nous restons à l'abri dans le petit logement que j'ai loué et qui surplombe Peñíscola. J'ouvre les volets, devant nous s'étendent des maisons blanches aux toits en terre cuite à perte de vue, avec, au bout, un spectacle renversant. Sur le balcon, tu lances un caillou dans le bleu sans savoir si tu vises le ciel ou la mer.

Le paysage me rappelle étrangement Kamouraska au printemps, lorsqu'il est impossible de départager les champs en friche et le fleuve. Les baigneurs et les oiseaux se confondent. Le soir, le soleil creuse un tunnel doré à la surface de l'eau (le chemin vers la porte du paradis ?). Je t'habille en blanc, tous semblent s'entendre pour appartenir au même tableau. Nous nous empiffrons de churros, ces délicieuses pâtisseries espagnoles, sans penser à notre retour à la maison. Avec toi, je suis partout chez moi.

Nous ne sommes jamais allés en Espagne. Par contre, nous sommes souvent allés à Montréal, la ville de ta naissance. Assez souvent pour nous faire croire que nous y avions encore notre place. Dans ta chambre à Québec, tu prétendais avoir des yeux puissants qui te faisaient voir la métropole. Tu parlais de tes anciens amis de la garderie à Ahuntsic, tu parlais du métro, de la grande école. Lorsque tu étais fâché, tu me disais que ça y était, que tu partais à pied pour Montréal, du haut de tes quatre ans tu déménageais seul et je ne pourrais rien y faire.

Quand ma voisine ouvre sa porte et apparaît dans le vestibule que nous partageons, je l'espionne à travers le judas. Aux frontières de l'orgasme, j'y colle mon œil comme si j'allais à la rencontre d'un autre monde. Ma respiration s'accélère, j'ai huit ans à nouveau. Je regarde la scène en cachette, je suis la plus grande espionne de tous les temps. Rien n'est plus merveilleux qu'être témoin de ces moments d'intimité, ceux où quelqu'un se croit seul. À quoi pense-t-elle ? Cette tenue, à qui est-elle destinée ? Et ce sac, ces chaussures ? Durant ces quelques secondes, j'attrape ce que ses yeux attrapent. Je mets moi aussi mon manteau pour sortir, je reviens moi aussi de l'épicerie les bras chargés de sacs. J'enlace moi aussi ce garçon que je ne connais pas. Je regarde moi aussi mon téléphone. J'existe. Le vestibule et ses quatre murs qui séparent le privé du public. L'endroit où l'on fait les derniers ajustements avant de se présenter à la face du monde. On réajuste. Le vestibule comme un miroir pour la dernière pensée qui nous traverse avant de franchir le seuil. Un ascenseur entre le dedans et le dehors, un ascenseur qui ne bouge pas. Qui s'ouvre et qui se referme. Une cabine d'essayage dans un magasin luxueux.

Du salon, j'entends la porte de la voisine s'ouvrir. Je m'élance sur la pointe des pieds en longeant le couloir. Je me mords les lèvres, prends une profonde inspiration et colle mon œil au judas. Je pourrais rester là toute la journée.

La caméra tourne. Je suis assise dans mon fauteuil à oreilles, les mains jointes. Je ne bouge que les lèvres. Je parle de ma vie à une interlocutrice invisible. J'ai une opinion sur tout. La mort de mon enfant est le sujet que vous voulez aborder ? D'accord. Bien sûr que c'est la pire chose qui puisse arriver à une mère. Si je m'en remettrai ? Absolument pas. Je suis prisonnière de la seconde qui a volé mon fils. Car c'est de cela qu'il s'agit, d'un cambriolage. Vous savez, j'avais des rêves avant. Je voulais nous acheter une maison, lui montrer Paris. Hurler à nous fendre l'âme. Aujourd'hui, j'ai des plans. J'ai des plans, mais je ne sais pas ce que cela signifie. Je divague. Un jour, mon fils m'a demandé en voyant la toile de Frida Kahlo intitulée *El suicidio de Dorothy Hale* comment une femme pouvait mourir les yeux ouverts.

Si je crois que le pire aurait pu être évité ? Non, bien sûr que non. Lorsque la cloche de la fin sonne, nul ne peut l'arrêter. Et certainement pas moi. Il n'y a rien pour décrire cette douleur-là, sinon le poids du soleil qui se lève chaque jour. Alors je laisse la télé et la radio allumées constamment comme lorsque j'étais petite. La nuit venue, j'avais besoin de savoir que quelqu'un quelque part ne dormait pas en même temps que moi. Et je devais entendre sa voix. Alors j'allumais la radio, je choisissais un poste en tournant la roulette et je m'endormais l'oreille collée sur le haut-parleur et la voix de l'animateur.

Si je crois pouvoir parler d'autre chose que de cette mort un jour ? Je ne crois pas. Les gens comme moi sont hantés par leur histoire et n'ont pas le luxe d'aller voir ailleurs s'ils y sont. Ils ne parlent que de ça, n'écrivent qu'à propos de ça. Ils tendent la corde au maximum pour trouver le point de rupture. Mais cette quête est perdue d'avance.

La caméra recule. Me voici debout à la fenêtre en train de fumer un cigare cubain. Je crache la fumée à travers la moustiquaire en regardant les voitures défiler. Je me demande quand tout ce cirque se terminera.

Tous les matins, son premier réflexe est de sortir le test de grossesse effectué des années auparavant et qu'elle a gardé. Ce test qui avait révélé la présence de son fils au monde affichait encore nettement le résultat. Une croix bleue.

Elle se rend parfois à la Place Laurier. Dans les magasins pour enfants, elle prend de petits vêtements, elle les sent. L'odeur manufacturée de bébé ne change jamais. La vendeuse lui demande si elle a des enfants, et si oui, combien. Elle ferait une belle maman, c'est clair. Elle sourit, répond qu'elle a un petit garçon merveilleux, elle n'en revient pas de la chance qu'elle a. Ces petits vêtements qu'elle tient, qui sait pour qui ils sont. Non, elle ne prévoit pas en avoir un autre à court terme. Vous savez, je suis encore aux études. Elle va attendre un peu, mais c'est évident que son fils serait un grand frère extraordinaire. Il adore les bébés.

Elle dort sans avoir besoin de médicaments. Elle en rêve, par contre. Elle désire ardemment être régulée par des pilules à avaler selon un horaire précis, qu'on la prenne en charge, qu'on l'investisse.

Ta chambre. Je ne parviens pas à en fermer la porte. Tes jouets qui ne servent à personne ont une allure baroque avec leurs couleurs éclatantes. La grande fenêtre découpe le mur du fond et laisse entrevoir le gouffre aspirant la saison pour faire place à la suivante. Les branches craquent, les couleurs pâlissent, la sève cesse tranquillement de couler. Le décor se replie, et les feuilles qui tombent me parlent de toi. Mon cœur n'a plus assez de sang pour réchauffer mes extrémités, mais agit encore comme un petit soleil. Sur ta bibliothèque, des pièces de vingt-cinq sous que tu voulais utiliser pour te payer une crème glacée « à la baloune », des coquilles jaunes d'escargots libérées de leur limace, des cailloux, une horloge sans piles en forme d'éléphant, un calendrier vide. Ta chambre comme un deuxième cercueil. Je laisse ma main sur la poignée.

Les yeux dans le vague, je me surprends encore à m'imaginer toutes les morts différentes qui pourraient t'emporter. Je refais tous les scénarios, je tire les ficelles. J'évalue ma douleur sur une échelle de un à dix.

Dimanche matin. J'allume la radio. Une invitée nous parlera dans les prochaines minutes du nouveau spectacle qu'elle met en scène et qui réunira les différentes voix de Sylvia Plath. Je prépare le café et je fais griller du pain en soupirant. Je prédis qu'elle parlera de Plath en évoquant d'abord son suicide à trente ans, et j'ai raison. Mais. Non seulement elle se trompe en affirmant qu'elle est morte à trente et un ans, mais elle commence l'entrevue en nous informant que la poète a fini sa vie intoxiquée au gaz de sa cuisinière. La tête dans le four. Comme c'est sensationnel ! Et pertinent... Un drame sans nom qu'on se donne la peine de répéter encore et encore, enorgueillies de faire partie de celles qui peuvent réciter l'histoire de Plath par cœur. Pourquoi ne pas profiter de ce précieux temps d'antenne pour en ajouter une couche : « Saviez-vous que son fils aussi s'est enlevé la vie il y a quelques années ? » Durant ce temps, on continue de contourner sa poésie. L'aura qui baigne la mort tragique de Plath, celle de toutes les écrivaines s'enlevant la vie, nous permet d'en parler sans l'avoir vraiment lue.

Dans les pages de je ne sais plus quel magazine

culturel, on écrivait récemment que le père de Plath se serait lui aussi suicidé. Ainsi, nous avons l'impression de savoir d'*où* elle vient. Mais son père, le roi des abeilles, ne s'est pas enlevé la vie. Le mythe avale l'œuvre. On lui préfère l'anecdote. Je beurre ma rôtie en secouant la tête. La lumière, entêtée, continue son cirque dans la fenêtre au-dessus de l'évier. Adossée au comptoir, je prends une bouchée que je fais rouler dans ma bouche. Bientôt, j'entendrai que Plath était féministe (ha!), qu'elle parlait au nom des femmes de son époque.

They are killing her again. (Frieda Hughes)

Dimanche matin. J'éteins la radio.

On ne parle jamais des parents qui doivent se laver après le décès de leur enfant. On ne dit rien de l'odeur nauséabonde qui les entache. Une odeur à laquelle ils tiennent. Même les mouches sont invitées au buffet. Entre la baignoire et moi, un gouffre infranchissable. Les couches de crasse s'accumulent sur mon corps et sur le carrelage. Je ne me touche pas. Je regarde mes mains. Elles ne signifient plus rien pour moi. Prendre, porter et transporter *dans*. Je ne sais plus comment faire. Pourquoi aurais-je encore le privilège de déplacer des objets ? Je laisse la poussière reprendre ses droits. Je me méfie du tapis de bain, rectangle turquoise acheté en solde dans une grande surface. Je tourne les robinets à l'aveugle. Tant et aussi longtemps que le rideau de douche reste fermé, je peux croire que tu te trouves derrière. Qu'il me suffit de le tirer pour voir ton visage apparaître. Et cette pensée me rassure. Ajoute du temps au temps du deuil. L'eau qui sort des robinets percute bruyamment le fond de la baignoire. Je passe une débarbouillette sur mon visage sans grande conviction. Je crains d'effacer les traces de tes mains sur mes joues. D'effacer le regard que tu posais sur moi.

« Maman ! Arrête de lire tout de suite ! Quand tu lis, tu me regardes pas. » La jeune femme ferme les yeux et secoue la tête avant de poser le livre de Julia Kristeva sur la table basse et de ranger son crayon dans son étui. Elle sait qu'elle ne doit pas lire en sa présence, ni même essayer en se disant que, pour une fois, il pourrait bien se parler à lui-même et jouer seul. Bien qu'elle se sente coupable d'être habitée par un tel sentiment, les soirées sont longues lorsqu'un enfant de quatre ans représente la seule source de distraction. Un jour, elle s'était réveillée plus fatiguée qu'en temps normal. Les étapes maintes fois répétées, de la plus banale – le brossage des dents – à la plus sérieuse – « Pourquoi papa est parti ? » –, avaient pris la forme d'un éternel recommencement, et elle soupirait sans arrêt. S'il lui arrivait de consacrer ses journées à l'écriture et à la lecture durant la semaine, ne la quittait jamais l'habitude de regarder l'horloge toutes les dix minutes. Tous les jours, au retour de la garderie, son fils roulait avec son vélo sur le terrain des voisins, arrachait des plantes, écrasait des bestioles. Elle le laissait derrière, l'évacuait de ses pensées. Le livrait au destin. Cela la soulageait. Légère, elle marchait comme si le garçon derrière elle n'était pas le sien. Elle feignait de ne pas s'en soucier, comblée par le sentiment qui faisait alors d'elle la mère de quelqu'un quelque part et non pas la mère de quelqu'un tout près d'elle.

Pas une semaine ne passe sans qu'on lui dise qu'elle a manifestement un enfant très vivant, boit-il de l'essence ? Mais elle ne se priverait pas de cette énergie désespérante et elle ressent un pincement au cœur chaque lundi matin quand elle va le déposer à la garderie – pour ensuite se demander, le vendredi soir arrivé, où sont passées la semaine et ses promesses de temps retrouvé. Elle se dit même depuis longtemps qu'elle pourrait l'y envoyer quatre jours par semaine au lieu de cinq, mais la possibilité reste en suspens. La vérité, c'est qu'elle ne ressent pas le besoin de le voir davantage. Sa présence l'accompagne partout, une présence en surimpression comme lorsqu'elle regarde des photos de lui sur son cellulaire alors qu'il se trouve à côté.

Grâce à son fils, elle établit ses priorités, fait de son temps libre un espace impérieux. Elle ne consacre pas soixante heures par semaine à ses études, et c'est tant mieux.

Elle se lève et va chercher le petit livre de cinq cents questions auxquelles il aime tant répondre avec, chaque fois, une fierté renouvelée dans la voix lorsqu'il a la bonne réponse. « Moi, je connais tout. » Elle érige des tours de cubes, trace des lettres à son intention, des chiffres, des mots courts. Il reconnaît son prénom, répète à sa mère qu'il a cinq ans pour qu'elle l'inscrive à l'école.

L'an dernier, j'ai envoyé mes poèmes à un éditeur pour avoir le sentiment qu'une part de moi circulait hors de moi dans le monde, pour être transportée par des mains inconnues. Plus jeune, j'écrivais des poèmes toute la journée, qui parlaient de couloirs noirs où surgissait la mort. Je les recopiais ensuite à l'ordinateur, les imprimais et les tendais à mon père. La mort dont il parlait tout le temps, j'en parlais aussi, et il serait fier de moi. Mais il ne me croyait pas, je n'avais pu écrire cela. J'avais certainement copié ces vers, n'étais qu'une fillette minable en manque d'attention. Il balançait les feuilles derrière lui en riant et retournait s'enfermer dans son bureau, mes poèmes s'envolaient comme la fumée de sa cigarette. Aujourd'hui, j'ai non seulement été entendue, mais on m'a répondu. Je suis allée de l'avant afin d'incarner pour toi la mère que j'aurais aimé avoir. Je ne sais toujours pas si j'ai fait de mon livre une table ou une chaise, un coffre à bijoux ou une bibliothèque, un meuble qui contient des secrets ou, au contraire, les dévoile, mais je me dis, chaque fois que je dédicace un exemplaire à quelqu'un de proche, que c'en est au moins un de perdu. Je relis ma dédicace, insatisfaite de ma calligraphie, trop inclinée, et pige un livre vierge dans la boîte comme si elle était sans fond. Ton père me regarde depuis le salon en hochant la tête, à ses yeux je *me* gaspille. Et puis je ne sais jamais quoi écrire.

Au lancement collectif organisé par mon éditeur, lorsque je pense capter le regard de quelqu'un, il m'échappe immédiatement. Le fil ne se tend pas, ce qui me plonge tout de suite dans une détresse digne des premiers temps de la vie. Évidemment, ma hantise de n'être pas reconnue n'aide en rien ma cause. Valérie, me rebaptise-t-on si souvent.

Lors d'une rencontre consacrée à Chateaubriand à la Maison Louis-Joseph-Forget, on me surnomme Valérie par mégarde. Ce prénom, Valérie, me fait l'effet d'une bombe, me donne instantanément accès à une vie nouvelle qui n'a rien à voir avec la mienne, une vie neuve que j'ai le loisir d'investir tout l'après-midi. *Valérie* est sorti de la bouche de l'organisateur avec un tel naturel, un tel aplomb. Sa voix n'a pas hésité une seule seconde : « Valérie va maintenant nous lire quelques passages des *Mémoires.* » Quel moment extraordinaire ! Dans la peau de Valérie, je suis heureuse comme je ne l'ai pas été depuis longtemps, je peux enfin mettre à profit une légèreté, laisser tomber ma méfiance, rigoler. Je m'éloigne de ton père, discute avec un ancien premier ministre venu assister à l'événement. « Valérie, enchantée. » Mon employeur m'appelle Valérie, mes professeurs m'appellent Valérie, les gens avec qui je communique par courriel m'appellent Valérie. Je dois même faire changer mon nom sur le programme d'une soirée où je reçois un prix, puisqu'on me baptise encore Valérie. On s'excuse.

Au lancement de mon premier recueil, je crains de donner l'impression d'être celle qui fait sa précieuse, mais ce que je ressens, c'est de la peur. Quelque part, un train dément déraille en pleine tempête. Et ça continue, mon éditeur même ne me reconnaît pas parmi les autres poètes publiant à la même rentrée que moi. Entre les cheveux bouclés et les cheveux raides, on vient qu'on ne sait plus à qui on a affaire. Je ne sais pas où regarder, qui regarder. Où m'asseoir, dans quel sens marcher. Autour, ça n'arrête pas de parler. Des coupes en plastique remplies de vin, des exclamations, une valse ininterrompue à la Maison de la culture du Plateau-Mont-Royal. Au micro, j'ai peine à prononcer « Bonsoir », suis persuadée que personne ne m'entend. Je suis non seulement terrifiée, mais je ne comprends pas d'où sortent tous ces gens et encore moins qu'aucun d'entre eux ne vienne me parler. N'ai-je pas écrit un livre, moi aussi ? Il faut que je parte, et vite. J'ai perdu ma mère dans un centre commercial. Tout tourne. Rires, vin, exclamations. Rires, vin, exclamations. Le photographe de la soirée prend une photo de moi épouvantable. Je ne peux que ne pas me reconnaître (Valérie ?).

Puisque je te l'ai dédié, mon recueil fait-il de toi un mort vivant ?

Dans un cours de création au baccalauréat, nous attendons de recevoir les commentaires du professeur. Nous attendons d'être sanctionnés par nos pairs. C'est pour cela que nous payons. De la pure folie. Mon tour arrive. Je regarde un point fixe devant moi, visualise la scène de l'extérieur. Nous n'avons pas le droit d'intervenir durant le jugement, de rectifier les faits. Nous sommes réduits au silence du condamné. Je n'ai pas écrit de poésie depuis des années, mais j'ai confiance. « Ces poèmes sont magnifiques et troublants, mais tu es un peu trop collée sur celle qui te les inspire... Je te souhaite néanmoins une fin différente de la sienne. » Je fronce les sourcils. Malgré l'interdiction de parler, je contre-interroge. « Sylvia Plath. C'est ta source d'inspiration, non ? » Sylvia qui ? Jamais entendu parler. Après le cours, je file à la Bibliothèque des lettres et sciences humaines pour emprunter tous les livres de Plath qui sont offerts. Je lis sans m'arrêter, convaincue d'avoir trouvé une sorte de sœur spirituelle, lorsque je tombe sur cette phrase dans son journal de l'été 1952 : « J'étais en route pour aller voir Val[erie] Gendron à la Bibliothèque itinérante. »

Au parc Lockwell, je montre ta photo à tous ceux que je croise et leur demande s'ils t'ont vu. Un garçon aux cheveux châtains et aux yeux verts – « Ils peuvent aussi être jaunes s'il est en train de rire. Haut comme ça », dis-je en posant ma main au niveau de ma taille. Je m'étourdis à force de courir vers ces inconnus, le bras tendu. « Je sais pas où il est parti. Je me suis retournée et il avait disparu. Aidez-moi à le retrouver. S'il vous plaît. » Ma voix se perd dans le vent. Je porte une main à mon front, affolée. Un petit groupe s'agglutine autour de moi et m'écoute répéter, égarée : « Je sais pas où il est parti. Il était juste là. »

Elle claque des dents, regarde derrière les arbres, derrière la statue intitulée *Les Ados de Mio*. Nulle trace de son garçon. Quelqu'un appelle la police. « Faites-vous-en pas, on va le retrouver. Il a pas pu aller bien loin. » Le visage déformé par la douleur, elle n'entend plus rien. Quelque part dans la ville des sirènes résonnent. Un nuage s'épaissit. Tu étais juste là… Voyant la scène se dérouler de l'autre côté de la rue, un jeune homme aux traits dévastés traverse en courant, essuie le visage de sa compagne et la prend par les épaules avant de l'entraîner à l'intérieur de l'immeuble.

L'oreille attentive entendrait le bruit de la neige qui tranquillement fond et coule dans l'égout pour se refaire une vie.

Ils ne savent plus comment se rejoindre. Ce n'est pas de l'amour, ce n'est pas de la haine. Ce n'est même pas quelque part entre les deux. La blessure est trop vive, l'effraction trop grave. Ils sont prévenus : le corps n'est toujours qu'une ébauche de cadavre. Elle se retourne dans le grand lit et se blottit contre un des oreillers en se regardant dans le miroir posé au mur. Ses yeux ressemblent aux mêmes billes noires qui avaient fait de sa vie quelque chose de mortel un soir de juin. Elle s'approche de son reflet. Agrandit son orbite avec ses doigts puis recule, prise de panique. Pourquoi ce souvenir ? Aucune idée. Elle reste là, pétrifiée par la scène qui se déroule sous ses yeux comme si c'était arrivé hier.

Tu as six mois et ta grand-mère te garde pour la fin de semaine. Ton père et moi sommes à couteaux tirés, et fermer les portes ne nous empêche pas de sentir la présence de l'autre. La douceur de tes premiers temps s'étiole chaque jour un peu plus, et pourtant, cela n'a rien à voir avec toi. Ces quarante-huit heures me font l'effet d'une liberté surveillée. Avant même que j'aie mis le pied dehors, il est temps de revenir.

Vendredi soir. Nous entamons la soirée au Huis

Clos, rue Saint-Denis. En moins de deux heures, nous buvons une bouteille de vin et deux verres de gin *straight.* Ton père fait un appel, sort et revient.

J'avale une des pilules que contient le petit sachet en plastique transparent qu'il secoue devant mes yeux. Puis une autre. Nous nous partageons celle qui reste. Je n'ai aucune idée du temps qu'il fait, ni de l'heure qu'il est. Je sens le pouls du monde, je suis le pouls du monde. J'avance non pas *mon* bras, mais un bras. Je ne me mets pas à la place des autres, je suis les autres. Assiégée par la chair de poule qui fait dresser sur ma peau une armée de petits soldats. Si mon corps est en bas, je suis en haut. Ailleurs. Partout et nulle part. Je nage dans mon cerveau. Je ne pense pas à toi une seconde.

Dans le taxi, nous demandons au chauffeur de nous déposer à un endroit où nous pouvons continuer la soirée. Rue Sainte-Catherine, la façade du Stereo se dresse dans la nuit. J'ai habité dans le quartier deux ans sans jamais la remarquer. Les portes de l'enfer, ouvertes devant nous.

Si mes calculs sont bons, nous avalons trois comprimés de plus. Je tiens dans mes mains mon nom et mon âge, le poids de ma vie.

Des araignées tombent du plafond. J'écarte des rideaux d'insectes grouillants pour voir le spectacle. Sur la piste, les gens dansent une chorégraphie apprise par cœur à une époque qui les précède.

La tête de ton père disparaît. Une décapitation propre. Elle roule entre mes doigts et je la laisse tomber. Le plus étonnant, l'absence de peur.

Je tourne en rond. Aux toilettes, un homme se fait sucer. Je le regarde sans rien dire et je sors.

Ton père insiste pour en prendre « une dernière ».

Samedi matin, sept heures. Nous sommes happés par l'intensité du soleil qui hurle dans un ciel bleu. Une porte sépare seule la nuit du jour.

Je claque des dents, ton père fait grincer les siennes. Il pisse n'importe où. Je fais l'erreur de sortir un miroir de ma poche, puis me regarde. Voilà à quoi ressemble mon vrai visage. Les yeux comme deux trous noirs. Je crois que je pleure.

Une foule sans cesse renouvelée se presse rue Sainte-Catherine. Nous essayons de réfléchir, de retrouver notre chemin. Je demande à deux policiers ce qu'il faut faire pour retourner chez nous en leur répétant : « On est normaux, tout est normal. » J'ai l'impression que tout le monde nous juge et sait ce que nous avons fait la nuit dernière.

À notre retour, mes seins veulent exploser de lait, tous mes membres tremblent. Je vais mourir, c'est certain. Dans le bain, je m'endors sans savoir quelle nuit on est. J'ai un enfant pour moi toute seule. Un enfant qui fera partie du restant de ma vie – l'inverse, par contre, n'est pas vrai. Et ce constat me crève le cœur. Jusqu'où iras-tu sans moi ? Je suis ta mère, j'ai le droit de savoir.

Samedi soir, vingt-trois heures. Nous n'avons pas dormi depuis plus de trente-cinq heures. Dans la chambre, j'entends la musique du Stereo. Il n'y a plus de vide entre les objets. Ton père voit une araignée au plafond. Il s'accroche à moi comme à une bouée. Perplexe, je le regarde se débattre dans des flots invisibles.

Dimanche matin. Nous avons dormi trois heures. J'ai la certitude d'avoir quelque chose à préparer. Mes seins remplis de lait attendent quelqu'un, mais je ne sais pas qui.

Tu arrives vers dix-neuf heures. Je regarde à peine ma mère. Le miroir posé devant ta bassinette me donne l'impression que tu pleures deux fois plus que d'habitude.

Tu as faim. Je ne peux pas t'allaiter. Je ferme la porte pour te protéger.

La perte d'un enfant est une alarme qui sonne jour et nuit. Pourtant, ce sont vos fenêtres, vos meubles ; vous avez introduit la clé dans la serrure, la porte s'est ouverte sans difficulté. Ces livres dans la bibliothèque vous appartiennent, vous reconnaissez votre écriture, votre nom inscrit à la première page. Un bref souvenir passe. L'enfant apparaît de dos et sort de la cuisine en imitant la grenouille ou le singe, vous préparez le souper. Pourquoi ce souvenir précis ? Il se retourne en souriant, ses traits s'effacent silencieusement. Vous voulez le rattraper, mais vous êtes incapable d'avancer. Un autre souvenir surgit. Encore une fois, vous préparez le souper, l'enfant passe près de vous, puis plus rien. Affolée, vous vous rendez dans le salon, les moustiquaires sont encore en place, il n'a pas pu tomber, mais où est-il ? Il n'est pas dans la grande chambre ni dans la salle de bain, vous courez vers la petite chambre située à côté de la porte d'entrée et le trouvez en train de lire sur son lit. Il lève la tête et rigole.

« Je t'ai eue. »

Oui, cette maison, cet appartement est le vôtre. Vous composez le code du système d'alarme, visiblement quelque chose ne fonctionne pas, l'alarme continue de sonner. Vous tentez de contacter la centrale, mais c'est impossible. Les touches du téléphone résistent, vous avez oublié le numéro, votre adresse. À l'autre bout du fil, on vous parle, mais vous ne connaissez pas la langue. Puis vous comprenez que vous n'êtes plus nulle part chez vous.

Coupable. Je répète ce mot, je l'écris dès que j'ai un papier sous la main, le dis à haute voix. « Coupable. » Tout le monde se tue à me répéter le contraire, dans ces situations, il n'y a jamais de coupable, seulement un mauvais coup du destin, une malchance. Mais j'ai besoin d'une cible. De me décharger sur autrui du seul fait d'exister encore, de cracher à la face du monde, de vandaliser des maisons. Je verse de l'essence le long de la rue et craque une allumette, j'arrache les volets bleus des fenêtres de l'appartement. La sentence est définitive et sans appel. Coupable.

Entre la revendication de mon état dépressif et la honte dans laquelle il me plonge, je tente d'organiser mes pensées. Je lave des vêtements propres. Je n'ai pas envie d'être étiquetée comme celle qui a perdu un enfant, mais tout glisse autour de moi. Je ne sais plus quelle direction emprunter lorsque je marche, ni de quel côté tombent les rues. Du troisième étage de l'appartement, je regarde les voitures monter et descendre la côte De Salaberry, fixe un point invisible derrière les montagnes. La vie extérieure se transforme peu à peu en concept abstrait. Je marche dans le mouvement de ma chute. J'habite le présent de ma propre perte sans cesse commencée et recommencée. Je retrouve tes phrases sur une route de campagne et te rejoins au détour de notre séparation. Écrire me permettrait de repasser sur les lignes, mais le crayon pèse une tonne. À travers le cylindre de plastique transparent, je regarde l'encre, tétanisée par les mots qu'elle contient et qui ne forment pour l'instant qu'une masse opaque. Tous les jours, je pense aux mères qui perdent un enfant sans trouver de contrepoids à la malveillance du monde. Tu es mort et je ne deviens pas folle, car je l'étais avant. L'idée du suicide s'est faite sans moi et malgré moi longtemps, érigeant ses plans en cathédrale, et je l'ai repoussée tant bien que mal, sans médicaments et avec beaucoup de sommeil. Mais la mort n'a plus aucun sens depuis ton départ, je ne peux plus aller à sa rencontre.

Elle se tient à côté du trou depuis sa naissance. Le trou a été creusé à sa taille, son corps y entre parfaitement. Elle l'essaie plusieurs fois afin d'être certaine, et rien ne dépasse jamais, ses os ont été mesurés à la règle. Elle a reçu de ses parents un prénom qui évoque les grands espaces, l'inconnu, l'état d'à côté. Être en bordure de soi. Après leur divorce, ce ne sont plus les grands espaces, la liberté et l'aventure américaine que voit son père. Ce qu'il voit en la regardant, c'est le Québec en hiver.

Elle rêve de mourir en buvant du lait chaud, va à la guerre tous les jours en espérant qu'un soldat la sauvera et l'écartera du champ de bataille, qu'il la prendra dans ses bras et lui fermera les yeux, qu'il lui dira que tout est terminé. Afin de tenter le destin, elle se couche sans dire « À demain », sans prier comme sa grand-mère le lui a enseigné. Une angoisse mêlée de soulagement l'enveloppe le soir venu, ça y est, elle sera tuée durant la nuit, Dieu ne lui pardonnera pas cet affront. Elle regarde ses peluches et ne leur dit pas « À demain », elle va voir son père et ne lui dit pas « À demain ».

Elle se sent tellement forte de ce secret connu seulement d'elle-même, tellement puissante ; sa mort, ils la découvriront dans ce lendemain qu'elle ne verra pas, son père ne réalise pas qu'elle ne lui dit pas « À demain ». Ah ! La surprise qu'elle a de se réveiller le lendemain matin, la déception ! Cela n'empêche pas son père de lui répéter qu'il crèvera bientôt, d'un accident ou d'une maladie, il sent que sa fin approche, ce qui agace profondément la fillette qui désire lui prouver sa supériorité, le battre sur son propre terrain. Mourir avant lui.

Entre deux dictées, je rate toutes mes tentatives, je ne réussis pas à disparaître. Ce n'est pas faute d'essayer, je tente de m'étrangler tous les soirs, mais mes mains finissent toujours par m'abandonner.

Depuis qu'elle est bébé, il l'emmène faire des siestes dans les cimetières. Elle est minuscule et se couche sur diverses pierres tombales, reine des morts avec ses cheveux flamboyants et ses vêtements blancs, elle sourit. Plus tard, ils allument des chandelles noires, vont voir des films d'horreur au cinéma bien qu'elle ait seulement neuf ans. Chaque fois, le portier déchiquette les billets et les avertit qu'elle n'a pas l'âge requis pour ce genre de films, mais les deux se regardent d'un œil complice. Or, pour elle comme pour lui, le temps passe et la mort les contourne, le suicide est un engagement dont on ne revient pas, et la petite n'accepte pas que le monde continue après son départ. La centrale électrique qui se trouve à un jet de pierre de la maison dessine néanmoins un paysage inquiétant à travers la fenêtre de sa chambre. Ne suffirait que d'escalader les grilles et d'allonger sa main… Elle se grise de cette scène rejouée chaque matin, mais craint aussi sa fascination. Je ne dois plus écouter cette voix qui me fait me lever malgré moi et qui un jour me fera avancer jusqu'à la centrale ou me poussera du haut d'une montagne au fond d'un précipice. Un jour, je tomberai du ciel comme un petit oiseau, et personne ne m'attrapera. La voix avec laquelle elle parle est différente de celle qui parle dans sa tête, prend racine ailleurs, dans la région du cœur peut-être. L'autre provient de son troisième œil, sous sa main elle n'est qu'une marionnette. Elle ne sait pas qui parle à travers elle, à partir de quel enfer elle le fait, quel visage lui donner, mais ça parle. Et elle se voit s'asséner un coup de masse au milieu du front pour en finir avec ces commérages souterrains.

Enceinte, elle sait que le programme génétique déclenchera la voix de la folie et elle craint tellement de transmettre à son fils la pulsion d'anéantissement qui caractérise la famille dans laquelle elle est née. C'est la raison principale pour laquelle elle ne *voulait* pas d'enfant, la malédiction s'arrêterait à elle. Elle se demande ce qu'on transmet, ce qui passe de la mère à l'enfant sous l'apparent calme précédant la levée des vagues. Ce tunnel dont on parle à la fin de la vie, est-ce le même cordon qui nous lie ? Malgré toutes ses précautions, son état quasi léthargique – rien ne doit interférer dans le développement de l'enfant à venir, elle éloigne tout –, elle redoute ce que son amoureux et elle lui confieront quand même. Quel secret, quelle honte passeront sans que rien vienne s'interposer ? Un mouvement fluide, direct, d'elle à lui, une chute vertigineuse, oui, elle tente de percevoir, de circonscrire le mouvement des souvenirs dans leur chute vers le corps de l'enfant. Rien. Cela s'effectue rondement dans le calme le plus complet.

En ne faisant rien, j'en fais déjà trop. Ton corps se constitue à même mes cellules, et qui sait à quel point elles débordent… Enceinte, toi à l'intérieur de moi, moi à l'intérieur de toi, je marche comme une guerrière amazone. J'ignore le vent qui, dans mes oreilles, simule le bruit de l'orage à venir.

Tu ne nous ressembles pas. Tu es joyeux, irrémédiablement vivant. Mais une menace sérieuse vient de l'intérieur. Je peux en finir avec toi si je veux. La décision me revient. Larve grouillante de vie sur son tapis de jeu. Si fragile. La vulnérabilité oblige à massacrer quelque chose et, chaque fois que je me retourne, tu es sous mes yeux. On ne m'a jamais parlé de la difficulté de vivre avec quelqu'un qui était sans défense. Contre toi, je peux tout. Contre moi, tu ne peux rien. Je lève mon pied au-dessus de ton ventre. Te tuer serait d'une telle facilité. Tu te laisserais faire. Je joue à te cacher derrière la doudou. Tu rigoles. Je pourrais aussi bien l'oublier sur ta tête et aller voir ailleurs si j'y suis. Quand le métro arrive, je me colle contre le mur du fond et je tiens ta poussette si fort. J'avale ma salive avec peine. Rien ne m'empêche de te lancer devant le wagon. Je *pourrais.*

J'attends désespérément que tu grandisses, me dépasses et me prennes sous ton égide. Au souper, tes mains rencontrent mon visage qui se transforme en cible pour tes livres et tes voitures. Tu lances ta nourriture par terre, frappes avec tes poings le plateau en plastique blanc de ta chaise haute. Étrangement, ces instants insufflent un sens au monde. Tu as la capacité d'avoir le dessus sur moi, et rien ne me rassure davantage. Si j'attends d'être libérée du mal que je peux te faire mais ne te fais pas, si j'attends d'être celle sur qui les châtiments tomberont, mon seul crime consiste à revenir vers toi chaque matin.

Tu insistes pour que je te raconte des histoires de peur. Aussitôt, la fillette que j'étais sort de ses limbes et recommence à parler. Dans ma tête, elle m'ordonne de te raconter les histoires les plus sordides. La hache, les crayons à mine bien taillés qui peuvent transpercer le cou d'un homme. Ma respiration s'accélère. Je te regarde. L'envie est si forte de tout déballer, de répéter les horreurs que j'ai vues et entendues trop tôt, et qui sont aussi fraîches que si je les avais vues et entendues la veille. Les parents qui tuent leurs enfants et les enfants qui tuent leurs parents. Les morts qui reviennent dans nos maisons, les portes qui s'ouvrent toutes seules. Sois sur tes gardes, mon chéri. On ne sait jamais quand le passé reviendra. Si je te racontais ces histoires, je t'anéantirais. Tu recevrais l'horreur comme une vérité. Elle fraierait son chemin en toi et allumerait un incendie que nul ne pourrait maîtriser. Il serait facile de te faire perdre ce que tu amasses depuis l'instant de ta naissance et que tu transportes avec conviction. Mon amour pour toi, par exemple. L'intuition que chaque jour recommence réellement. Que tu es chez toi en sécurité. Je ferme les yeux et je te dis non. Non, je ne te raconterai pas de telles histoires. Tu es déçu.

Tu es mort et je ne deviens pas folle, mais je ne connais ni la ville qui se réveille à la surface de mon visage ni les armes qu'elle pointe à travers mes yeux.

Sans toi, il y a trop de fenêtres dans la chambre. Trop de lumière. Je me réveille dans l'œil d'un animal touché en plein cœur. La sensation des draps sur ma peau à vif. Une grande brûlure. Le premier matin. Un goût salé en bouche. Je passe ma langue sur mes dents douloureuses. Je suis incapable de sortir du lit. Je ne fais plus confiance au plancher. Je m'en veux de m'être endormie. Me suis-je endormie ? Je regarde l'espace libre dans le lit. Le mur devant moi. La trace de tes doigts noirs sur le cadre de la porte. J'écoute l'absence de bruit. Ton père bouge et je sursaute, les yeux écarquillés. L'arrière de mon crâne élance. Je ne comprends pas que l'appartement tienne encore debout. Comment est-ce possible ? L'envie de vomir me prend comme si j'avais couru un grand sprint. Je ne me raconte pas d'histoires. Ça pouvait arriver. C'est arrivé. *Une souris verte qui courait dans l'herbe, je l'attrape par la queue, je la montre à ces messieurs…* Mes larmes sont en retard sur ma peine, et je tombe. Aussi folle qu'une pierre au fond d'un lac. La règle est de ne toucher à rien. De parler en chuchotant. Je respire par inadvertance.

Ton père et moi ne sommes pas prêts. Il n'y a rien ici pour toi, hormis une femme assez folle pour te dire oui et faire de sa vie une situation urgente par défaut. Tu t'imposes chaque jour, grandis en moi sans notre supervision. Tu arrives au pire moment, et c'est cela qui fera de toi l'enfant le plus extraordinaire. *Tabula rasa.* Nous ne sommes pas prêts, mais les enfants « planifiés » sont souvent d'une platitude extrême, prévisibles parce qu'engendrés par des parents mortellement ennuyeux qui attendent d'avoir coché les quatre-vingt-six mille trois cent soixante-treize étapes sur leur liste d'accomplissements personnels avant de passer à l'étape supérieure, le pic suprême d'une existence dont la gradation doit aller croissant pour que soit finalement relâchée la bête à dresser, l'enfant. Avec toi, nous ne procédons pas par gradation, nous allons droit au but.

L'avenir ne met que peu de temps à me donner raison. Tu es doté d'une intelligence rare, tu connais le fond par *le pivot de ta grande racine.* Rusé comme un renard, fin comme une brindille, tu te faufiles partout. Je suis assise sur le sofa en train de lire, je lève la tête et je vois ton visage glisser le long du couloir que tu arpentes à vélo. Cela donne à ton père des cheveux blancs, mais je n'ai pas assez de temps à perdre pour te convaincre qu'on ne fait pas de vélo à l'intérieur. Tes iris verts brillent de malice, tu cherches la provocation et je t'aime encore plus pour ça. Tu roules en silence et disparais tranquillement derrière un rideau qu'on tire.

Elle se retourne à la fin de l'examen du cours de poésie québécoise contemporaine et croise le regard d'un jeune homme qu'elle devine immense. La fraction de seconde suffit à ouvrir une porte, elle ne connaît pas son prénom, mais il installe déjà ses meubles.

L'inscription du jeune homme à l'Université de Montréal lui avait permis de s'extirper de sa région natale. Lui, dont la maison était désertée par les livres, étudiait la littérature pour rattraper le coup. Il avait fui ses origines comme nombre d'étudiants, attiré par l'espoir d'arrêter la main qui lance les dés à un cheveu du désastre depuis la nuit des temps. Le jeune homme avait assez souffert ses parents incompétents et insignifiants en sachant pertinemment qu'il viendrait toujours de *là*. Toute sa vie était engagée dans une lutte pour se libérer de l'emprise de ses prédécesseurs, pour échapper à la condamnation, alors que nous ne sommes jamais plus que la somme de ce qui nous précède, ne sommes qu'une accumulation de défaites – nous sommes le résultat le plus abouti des défaites de nos parents. Un réceptacle en lequel leurs rêves déchus sèchent en espérant trouver un nouvel élan ; les héritiers d'une mémoire verrouillée.

La première fois qu'ils se rencontrent dans un café de la rue Saint-Denis, ils discutent durant trois heures. Il lui confie sa jalousie maladive, elle éclate de rire. Les deux savent qu'il est déjà trop tard pour reculer. Elle le démasque. Mais tout reste à faire.

Les mois suivants, elle a l'impression de le tromper chaque fois qu'elle couche avec quelqu'un. Mais il passe une partie de l'été de l'autre côté de l'océan et ils cessent de se voir. Un soir, il l'appelle depuis une terrasse à Marseille. Elle est avec un autre, ce qui ne l'empêche pas de répondre. Il revient bientôt. Pourraient-ils se revoir ?

Durant leur première nuit d'amour, ils se battent à mort.

Dès le début est ici une autre manière de dire *pour toujours.* Nous emménageons ensemble après un mois, et je sens encore sur mon dos les gouttes de sueur s'échapper de son front sous l'impulsion de notre sixième baise de la journée. Je renonce aux autres sans même les aviser de la rupture des liens.

Ainsi avais-je envisagé la mise en branle du « grand tout ». Cet homme est dangereux, m'étais-je dit à propos de celui qui deviendra ton père, car je vois en lui l'enfant torturé du passé. Mais les gens qui ne sont pas brisés n'ont qu'un seul morceau d'eux-mêmes à offrir.

Je fais le test de grossesse à quatre heures du matin, seule. Ton père dort, seul. Le résultat positif apparaît en quelques secondes. J'attends les confettis, la fête foraine, l'extase ; je cherche le plus beau moment de ma vie. Rien. Rien qu'une impression d'abîme qui s'ouvre et se referme sur moi. C'est dans ma tête que ça hurle ; mon cœur et mon ventre sont prêts depuis longtemps. Si le résultat avait été négatif, j'aurais été déçue. Mais je suis aussi préoccupée qu'il soit positif. Une (t)erreur grave, solennelle. Je suis assise sur le rebord de la baignoire, j'essaie de trouver un indice sur les murs, la robinetterie. L'absence de fenêtre dans la pièce me répond.

Je me lève et je presse doucement l'épaule de ton père pour lui annoncer la nouvelle. Son corps s'arque d'un coup, comme propulsé par un ressort. « OK. »

La chose a lieu.

Je suis à la fois la méchante sorcière et la bonne fée, je pense à Nelly Arcan qui parle de celles qui font aux hommes des enfants dans leur dos. J'ai pourtant tout fait pour que cela n'arrive pas, j'ai pris mes précautions sans jamais faillir, mais cela arrive quand même et me transcende. Une apparition divine, un petit camp de concentration. Tu incarnes le 0,3 % de risque. Oui, tu as contourné les barrières que j'ai érigées et je suis déjà prête à rugir pour te défendre. Me voilà mère. Transformée en cheval de Troie.

Je tiens le test comme un talisman, l'attacherais à mon cou si je pouvais. Durant la journée, ton père et moi allons marcher au parc Laurier sans dire un mot. Nous espérons marcher assez loin et assez longtemps pour réapprendre à parler. Nous espérons marcher assez loin et assez longtemps pour revenir sur nos pas et ne jamais nous rencontrer. Nous sommes ensemble depuis quatre mois, nous avons vingt-deux ans.

Poursuivre ou non une grossesse dans ces conditions ne consiste pas à choisir entre deux avenirs possibles, cela consiste à répondre à quelque chose, et je suis incapable de me résoudre à subir l'intervention. Juste y songer me rend folle, je fais des cauchemars la nuit. J'essaie, pourtant. De chercher des numéros de téléphone, de contacter des cliniques. J'essaie vraiment, mais mes doigts se crispent au-dessus de l'écran, ils ne tapent pas les mots fatidiques *Clinique d'avortement Montréal.* Il faudrait appuyer sur les touches du téléphone, prendre rendez-vous, se présenter, il faudrait attendre, chaque seconde apportant dans son sillage le déploiement de centaines de milliers de cellules affairées à fabriquer un cœur, un cerveau, des pieds. Tant qu'à attendre une semaine ou deux, autant s'engager pour la vie jusqu'au bout. Et la vertu n'a rien à voir là-dedans. Si j'avais pu appuyer sur un bouton pour liquéfier la grossesse sur-le-champ au moment où elle avait débuté, je l'aurais peut-être fait. Mais en mon for intérieur, je ne crois pas que je l'aurais fait, parce que c'était *toi.* Et il fallait faire avec toi ce qu'on n'avait jamais fait avec moi : te laisser vivre.

Ton spectre d'embryon me pourchasse, porter ma main à mon ventre est devenu en quelques semaines une tradition. Je ne peux te dire de te remettre à plus tard. Le temps passe et réduit l'écart des possibilités. Ces premiers mois sont marqués par des sueurs froides et des étourdissements. Je suis celle qui disparaît pour réapparaître avec un enfant.

Le jour de mon anniversaire, nous apprenons que tu es un garçon. Cela ne se peut pas, je n'y connais rien. J'espérais un enfant sans sexe, n'appartenant à aucun type en particulier, hybride, que tu serais quelque part entre la plante et l'animal. J'espérais une fausse alerte. J'ai soudainement l'impression de devoir choisir entre les oiseaux et les étoiles. Mais tu naîtras et grandiras sans que jamais je me dise : Tiens, un garçon. Tu seras un enfant, c'est tout. Tu courras, tu sauteras, tu mangeras une banane avant de te coucher. Nous serons faits de la même glaise.

Un garçon.

Je suis convaincue que cela scellera notre sort, le dernier clou enfoncé dans le cercueil, ton père nous abandonnera. Pourra-t-il faire face à l'affront du garçon qui dépasse le père alors qu'il se sent déjà si petit dans ses chaussures ? Tu lui ressembleras, cela le menacera. Lui qui se déteste plus qu'il s'aime n'aura certainement pas envie de soigner cette amputation de lui-même. L'enfant comme une plaie archaïque. À la suite de l'annonce, je fixe ton père qui regarde au-dessus de ma tête. Si nous avions eu une fille, il aurait eu l'impression de m'avoir en double. Les années devront passer en nombre suffisant pour que non seulement j'accepte la réaction de ton père, mais la comprenne. Quand je m'imagine enceinte d'une petite fille, je fais instinctivement un pas de recul. C'est l'origine de la vie en tant que désastre.

Si j'avais eu une fille, j'aurais été incapable de la regarder dans les yeux. Le *vivant de la mère,* elle n'y aurait pas eu accès.

Un garçon.

Tant que tu es un bébé, cela se passe relativement bien. Mais plus tu grandis, surtout lorsque tu commences à parler, plus ton père a l'impression que tu me voles à lui. Nous devons établir des tours de parole, je ne sais plus où me situer entre vous deux. Nous sommes incapables d'être trois. Je suis coincée entre mon envie de t'endormir durant des heures et la hâte de sortir de ta chambre pour discuter avec ton père, lire et écrire, boire du vin, comme si tu n'allais pas te réveiller, après tout, c'est vendredi soir. Mais peu importe ce que je fais, je rapièce des morceaux, je m'éparpille, et personne n'est satisfait. Je commande des sushis, j'achète du vin, je ne m'endors pas. Au TNM, je traîne mon tire-lait. La machine fait un bruit d'enfer et les matantes sont écœurées que je monopolise les toilettes. Quelle adaptation ennuyeuse d'*En attendant Godot.* Vite, on part.

Ça n'a pas de sens. Si ça continue, je vais m'endormir pour vrai. Dans la chambre de l'hôtel, la fenêtre s'ouvre. Nous sommes au vingt-deuxième étage. Il n'y a aucune barrière de sécurité. Si je veux, je peux sauter. Écraser mes massacres et mon corps avec. Mais ton père veut baiser. Après l'acte, je me cache derrière l'épais rideau en velours noir. Je crois que je pleure. Ton père ne comprend rien, je suis devenue folle. C'est la fin. La fenêtre, ouverte pour moi. Vite, on part. Ça n'a pas de sens. Si ça continue, je vais m'endormir pour vrai. Un taxi nous ramène à la maison. Tu reviens le lendemain. Avec toi je m'impatiente, tu ne t'endors pas assez rapidement, et ton père attend de l'autre côté. Vous me réclamez tous les deux en même temps, je suis constamment sur le qui-vive. Écouter ton père, te consoler, boire du vin, t'allaiter, baiser, lire. Écouter ton père qui s'écoute parler, te consoler, boire du vin, te changer, écrire. Lorsque tu dors, je me réveille en sursaut, le souvenir de tes pleurs hante mon oreille. Je n'abandonne pas l'université. Je suis capable. Il faut que je sois capable si je veux continuer à me faire vivre par le système. Des bourses, toujours plus de bourses. Lorsqu'on me dit « Je ne sais pas comment tu fais ! », c'est le plus beau compliment. Financer ma vie en me servant de mon bébé, en voilà un beau prétexte. Je suis prête à écrire une bibliographie pour démontrer mon sérieux. Je peux citer qui vous voulez. Écouter ton père s'écouter parler du Québec qui nous condamne à la répétition des mêmes échecs et des mêmes épreuves, exister à la face du monde, pour quoi faire, *loser* un jour *loser* toujours, *welcome to retarded*

Quebec. Écouter ton père me dire qu'il ne veut pas parler de Houellebecq avec moi jusqu'à minuit parce qu'il a déjà des amis pour faire ça et partir à rire. Recevoir de ses mains l'intégrale des textes de Cioran le lendemain parce qu'il veut se faire pardonner. Devoir descendre à la buanderie au sous-sol de l'immeuble alors que tu dors et que je suis seule avec toi. Te regarder, regarder le panier à linge. Te regarder, regarder la porte. Fixer une horloge imaginaire. Prendre le panier et descendre à la vitesse grand V en me traitant de tous les noms. Si un des locataires me croise sans toi, ne serait-ce qu'une minute, il appellera la DPJ, c'est certain. Mais tes vêtements sont sales. Vite, remonter. Pousser la porte, courir à ton chevet. Mettre un doigt sous ton nez pour sentir le souffle de ta respiration. Pas mort, tu n'es pas mort. Les promenades en poussette dans le Plateau, passer devant la maison d'enfance d'Hubert Aquin, prendre une photo pour Instagram, revenir par la rue Saint-Christophe. Coin Marie-Anne, l'endroit qui a vu ton père et moi nous aimer pour la première fois.

Le jour de mon anniversaire, une technologue en échographie nous demande si nous sommes contents d'attendre un garçon, si nous avons hâte de te voir. Nous ne répondons rien, sinon que l'important est d'avoir un enfant en santé. Et puis je n'*attends* rien, tu es déjà là. En sortant de l'hôpital, j'éclate en sanglots parce que je t'aime déjà avec tout l'amour qu'il me manque.

Je vais retrouver ma mère pour lui annoncer la nouvelle – ma mère, que j'ai vue plus souvent ces dernières semaines que ces dernières années. À sa demande. J'apprends simultanément à être la fille et la mère de quelqu'un. Je guette les ascenseurs, les mains moites. Peut-être qu'elle ne me reconnaîtra pas. Suis-je assez belle pour elle ? Mes pieds bougent tout seuls. Elle sort finalement, et mon cœur s'emballe. Je détourne la tête. Ne sais pas comment la regarder.

Je suis un bébé et mes parents refont leur vie. En moins d'une semaine, deux nouveaux visages se greffent à ma vie et je n'ai pas mon mot à dire. Mon père me garde à Québec, j'appelle ma mère des yeux sans la trouver. Des centaines de kilomètres me séparent désormais de celle qui m'a mise au monde, mais je l'oublie. Elle me le rappelle au détour d'une conversation que nous avons lorsque tu as trois ans. « C'était tellement crève-cœur. Tu avais six mois et je paquetais mes affaires devant toi en sachant très bien que j'allais pas te revoir avant un bout. » Du jour au lendemain, plus de lait. Rien qu'un froid grandissant qui engourdit les extrémités. Les familles *dé*composées se répandent comme de la vermine et ça ne compte pas, on peut laisser nos enfants derrière nous et *re*faire notre vie. Un enfant, est-ce si important? Ne dit-on pas que *ça* s'adapte à tout?

À la suite du divorce, il leur faut admettre une vérité peu reluisante : je suis un colis encombrant, une anecdote. Un colis encombrant qu'ils s'échangent dans un stationnement. Le temps passe et je songe constamment à ma mère, je veux vivre avec elle et non pas avec mon père, mais c'est plus facile pour elle de se détourner de moi, en tout cas plus pratique, hop! on recommence, et je ne la vois plus qu'une fin de semaine sur deux durant les douze premières années de ma vie.

Chez mon père, ça hurle du matin au soir. Il menace de me tuer si ça continue. (Si quoi continue? Ma vie?) Quand on me dit de fermer ma gueule, je crie encore plus fort. C'est pour lui le moment idéal pour me lancer un verre d'eau au visage. Je déchire mes livres. Frappe dans les murs. Rêve de m'enfuir avec Léo, mon gros chien noir. Un beau jour, Léo n'est plus là lorsque je rentre de la maternelle. Mon père me regarde. Je ne sais pas où est mon chien, mais je sais que lui le sait.

Ma semaine entière est consacrée à attendre le mercredi, jour où je peux finalement téléphoner à ma mère et lui envoyer un petit mot par la poste. Lorsqu'on se voit, elle m'emmène acheter du beau papier à lettres.

Mon père refuse de me voir grandir. S'il choisit mes vêtements, qu'il m'achète de l'antisudorifique quand j'ai sept ans parce qu'il trouve mon odeur écœurante, c'est lorsqu'il apprendra que je te porte en moi que son dégoût atteindra son paroxysme. Une odeur de charogne m'enveloppera pour de bon. À ses yeux, je resterai une fillette qui se travestit pour jouer à la mère qu'elle n'a pas eue. Je tomberai enceinte de la même façon qu'il m'avait jadis fait couper les cheveux à la garçonne : sans l'avertir. Œil pour œil, dent pour dent. Ce sera trop pour lui, il ne te rencontrera jamais.

Mon père officie à titre de clown dans le grand cirque médiatique québécois. Il jongle avec l'information, divertit la foule, déchire ses costumes. Il est connu pour ses opinions tranchées au couteau, celles-là mêmes dont les autres élèves parlent dans l'autobus sans savoir que sa fille est assise sur le quatrième banc. La honte qui m'accable alors, je ne dis rien, mon visage parle pour moi. Je rougis. Ces élèves disent tout haut ce que je pense tout bas depuis toujours. Eux ont le droit. La nonchalance avec laquelle ils prononcent ces phrases, « Quel con ! », « Quel esti de débile ! », me met tellement en colère. Ils ne peuvent pas parler de mon père ainsi ; en parlant de mon père ainsi, ils parlent à ma place, je me vois privée de parole. On me demande si ça va, je réponds oui en chuchotant. Je n'avoue pas. Six ans plus tard, au cégep, le même scénario se répète, je n'en sors pas. Partout je tiens le mauvais rôle. Un rôle muet. Dans un cours de science politique, l'enseignant décide d'en parler, de mon père, durant une bonne vingtaine de minutes, en y associant les mots *poubelle, vidange, imbécile* et *tutti quanti*. Je suis assise à la première rangée, au premier pupitre. La honte qui m'accable alors, je ne dis rien, mon visage parle pour moi. Je rougis. On me demande si ça va, je réponds oui en chuchotant. Je n'avoue pas.

Il me change d'école au gré de ses humeurs. Si bien que je fréquente sept écoles différentes en autant d'années. L'amitié ne sert à rien. Mieux vaut rester seule. Le midi, je téléphone à Tel-jeunes pour dire que je vais me suicider, c'est décidé. Je le fais en ce moment même. Oui, je me rentre un couteau dans le ventre. Maintenant. Il est trop tard pour tout. Salut.

Je raccroche et vais m'enfermer dans les toilettes en traitant l'intervenante d'imbécile. Ils ne peuvent rien faire pour moi. Durant l'après-midi, le directeur passe dans les classes pour nous aviser qu'une des nôtres veut faire son intéressante et s'amuse à faire des mauvais coups au téléphone. Il finira bien par trouver la coupable.

J'ai des maux de ventre atroces. Pliée en deux, je suis incapable de rester en classe. Je suis à l'infirmerie la moitié du temps. Mon père vient me chercher. J'ai le hoquet à répétition. J'ai toujours envie de pipi même si rien ne sort de ma vessie lorsque je me rends aux toilettes. Quand je chie, je m'essuie avec mes doigts. J'étends ma merde autour de la baignoire.

Au collège privé ou à l'école publique, je monte dans l'autobus la tête baissée. Durant le trajet, je précipite mes propres humiliations, me propose pour faire les lectures et les devoirs des autres. Me mettre à leur service me permet d'usurper leur identité. En faisant les travaux de Mercedes, Laurie et Caroline, je suis Mercedes, Laurie et Caroline.

Le plus affreux des garçons m'appelle « Planche de *plywood* avec deux clous rouillés ». Du jour au lendemain, je cesse de porter des polos, des chemises. Je supplie mon père de m'acheter un cardigan pour camoufler mon absence de poitrine. Il faudra cinq ans pour que j'ose de nouveau porter un chandail à manches courtes.

Je me vois arriver à l'école et tuer tout le monde, absolument tout le monde. Justement, car le monde, c'est-à-dire personne, n'a jamais rien fait pour me sauver. La mitraillette au bout des bras. Je tire, et je tire. Sur tout ce qui bouge. Pour la première fois, personne ne m'arrête. Tuer comme une sorte d'affirmation personnelle qui ne laisserait toutefois qu'une question en guise de réponse : est-ce assez pour que je sois capable de vivre, maintenant ?

Je rêve d'avoir une méningite ou la coqueluche ; chaque fois qu'on en parle à la radio, ça semble très grave. Le genre de maladie qui vous fiche la paix pour de bon.

Je place des écouteurs sous mon oreiller en espérant m'étrangler avec le fil durant la nuit. Le mot *SUICIDE* s'imprime dans ma tête. Impossible de l'effacer. Il est là pour rester et tirer sur mes cheveux ne sert à rien. S.U.I.C.I.D.E ! SUI-CIDE ! SUI-cide ! S-U-I-C-I-D-E ! La mort tourne sans cesse. Dès que le soleil se couche, le mot revient. Je ne peux que me laisser faire, immobile dans mon lit. C'est foutu. Je n'aurai jamais la paix. Que j'ouvre ou que je ferme les yeux, Suicide est là. Fidèle à tous les rendez-vous qu'il me donne. Pourtant, il y a bien quelques heures durant la journée où je n'y pense pas. Je plane sur un nuage. Et soudain, je tombe.

Tous les jours je me répète la même chose : Aujourd'hui j'appelle la DPJ, aujourd'hui j'appelle la DPJ. C'est aujourd'hui que ça se passe, il faut que ça se passe. Mais si on me retire de ma famille, on m'enlèvera la seule chose que j'ai.

Mon père me lance des assiettes qui s'écrasent sur le mur comme des avions. Envoie valser des chaises à travers la cuisine, des livres de bord en bord du salon. Lorsque j'ose lui parler, il me traite de bonne à rien, de chienne, d'estie de connasse, de mange-marde et de bien d'autres choses que j'oublie au fur et à mesure. Je me perfore les tympans par *accident*. Je recopie cent fois : « Je n'oublierai plus mon agenda à l'école » Je me transforme en épave qui réfléchit. J'apprends que rire est une arme supérieure à toutes les autres.

Quinze ans plus tard, je regarde ma mère sortir de l'ascenseur dans le hall d'une tour de bureaux. Ma voix se perd dans le tumulte des gens qui sortent dîner.

Quinze ans plus tard, le trou creusé dans mon ventre par la petite fille m'offre l'espace nécessaire pour t'accueillir. Me prête ses oreilles pour t'entendre.

Ton père et moi ne sommes pas prêts, sans doute ne le serons-nous jamais.

Aux yeux des autres, il est une victime. Pauvre jeune homme, *sa* vie gâchée comme cela ! La pire chose qui puisse arriver à un étalon plein de fougue. Une traîtresse doit être désignée. Je suis la plus grande des connasses, il regrette tout. Les hommes que je connais et qui se sont imaginé si souvent prendre sa place à mes côtés sont soulagés, ouf. Dire qu'ils sont passés à un cheveu de devenir pères. Ce qu'ils ne savent pas, c'est que je n'aurais jamais gardé un autre enfant que toi, l'enfant de ton père. Mais je l'entends encore me demander : « Tu pouvais pas te faire avorter comme tout le monde ? » Ou c'est peut-être moi qui me suis répété cette phrase durant neuf mois.

Les voisins reçoivent des amis à souper. Nous entendons les coupes de vin s'entrechoquer, les rires, la musique. Ils allument sur leur balcon. Le soleil se couche tard à cette période de l'année. Ils ont l'impression d'avoir la vie devant eux, ça se sent. Ton père est de plus en plus irrité de les entendre. Si ça continue, il va aller les voir pour leur dire de baisser le ton… Une mince cloison suffit à nous séparer de notre vie d'avant.

Il rentre de plus en plus tard – quand il rentre –, fait de nouvelles rencontres, ne répond pas à ses messages. Elle ne peut s'offrir le luxe de l'angoisse, recule chaque nuit un peu plus en elle-même pour les protéger, le bébé et elle, comprend la détresse de celui qui voudrait être ailleurs, mais n'y peut rien : *elle* ne peut pas être ailleurs.

La jeune femme n'accorde aucune importance à ce qui leur est extérieur, toutes ces filles auxquelles son copain feint de s'intéresser ne parlent pas. Elles ne sont que des numéros sur la toile qu'il peint pour retrouver son visage à elle. Et puis la *trompe*-t-il réellement ? Il oublie de se cacher, tout concourt à la prévenir, à l'avertir. Alors non, elle ne s'estime pas *trompée,* mais elle continue de se demander pourquoi elle accepte ça.

Habité par les secousses de la mer, ton père fait remonter des profondeurs les reliques de notre jeunesse perdue. Nous sommes isolés dans la classification de nos semblables, avons été mis à l'écart. Nous vivons notre propre période préhistorique. Habité par les secousses de la mer, ton père se retire au petit matin, comblé par la croyance qu'il saura ne pas revenir le soir venu. Mais la mer revient toujours, c'est plus fort qu'elle. Beau temps, mauvais temps, elle revient malgré ses caprices et ses excès, elle se calme et se dépose. De même ton père. C'est ce qui fait de notre histoire quelque chose de vivant et de mort, un ressac, un musée.

Je ne me prépare pas, je laisse la vie frayer son chemin vers le début et la fin de mon corps, ne m'en soucie guère. Aucun cours prénatal, quelques lectures à peine. Tu es là comme tu pourrais ne pas y être et, pour une rare fois dans ma vie, je m'en remets au savoir ancestral de celles qui me précèdent et que je ne connais pas. Je fais de mon intuition une vérité, la seule qui compte vraiment.

Avant de te donner naissance, j'espère que je ne t'aimerai pas. Que je ne saurai pas comment faire, que je prendrai mon temps. J'imposerai une distance, je ferai ma précieuse. Mais cela n'aura pas lieu. Je traîne mon test de grossesse dans mon portefeuille, le tracé de l'électrocardiogramme que les médecins te font à vingt-deux semaines, car ton cœur va déjà mal, les images de la première échographie. Ces trois preuves de ta présence en moi m'accompagnent partout où je vais, comme si mon ventre ne suffisait pas.

Après ta naissance, par orgueil, je t'omets dans la plupart des conversations que j'entretiens, mais je place ta photo en évidence. Ton visage s'affiche en grand sur le fond d'écran de mon cellulaire. En classe, dès que j'ouvre mon ordinateur, je m'arrange pour que tout le monde voie tes yeux. Je ne veux pas qu'ils sachent que je suis mère, mais que je suis *ta* mère. Dans ma tête, tu réponds à tout.

Par toi, je ne donne pas la vie, je la reçois. Et je dois l'honorer. Tu es la responsabilité placée sur mon chemin à toute heure du jour et de la nuit, et le plus angoissant concerne l'impératif de ta présence. Le système d'idées que tu as élaboré et qui fait de ma vie quelque chose de moral forcément. Si je n'ai jamais l'impression que tu es mon enfant, rares sont les instants où je suis autre chose que ta mère. Et je ne sais pas comment être optimale alors que tout et rien se conjuguent inlassablement. Les virus, tes besoins, la fois où tu te casseras le bras, ta bonne humeur, tes colères. Avec toi, je suis entre deux notes qui n'arrêtent pas de bourdonner, qui me poussent dans mes derniers retranchements tout en me donnant envie de faire de notre existence une fête perpétuelle. J'achète des gâteaux sans raison.

Ton père et moi ne nous entendons pas sur la procédure à suivre pour te dire adieu. Il veut t'enterrer, je ne veux pas. Pas plus que je ne veux que tu te fasses incinérer. S'il ne s'agissait que de moi, tu resterais dans ton lit. Je suis d'une mauvaise foi extrême, lui dis en détachant chacune des syllabes : « Tu dois être content maintenant. »

Mourir une autre fois, par le feu ou par le temps.

À la morgue, ils te vident de ce qui faisait de toi un vivant. Ils tournent le couteau dans la plaie. Plus de sang, juste les os. Je ne te reconnais pas sous cette enveloppe artificielle. Tu n'as jamais été là-dedans. De pierre précieuse à pierre opaque, tu t'es transformé. Je claque des dents pour aller à ta rencontre, sors le ventre pour faire semblant.

Si j'étais dans ton cœur et que celui-ci ne bat plus, alors je suis morte aussi. Ton visage, ta voix m'ont été repris. C'est stupide, un visage. Mais ton visage, je pouvais le prendre dans mes mains et danser avec lui. Je ne me suis jamais habituée à me diriger vers lui, à me rendre devant cet endroit d'où surgissait l'avenir. J'aurais préféré ne pas avoir de dernière image de toi, que le monde t'arrache, que tu sois aspiré dans un trou noir.

Choisir tes vêtements. Choisir mes vêtements.

Je t'achète des vêtements neufs. Des vêtements qui coûtent cher afin que tu puisses régner comme un petit prince sur ton nouveau royaume. Mais tu n'as jamais été prince de rien. Tu es mon fils. Ces vêtements de luxe ne te vont pas bien. Tu n'as jamais ri en les portant, ne les as jamais salis.

Choisir le lieu où les restes de ton corps iront, c'est choisir le lieu où les restes de mon corps iront. En Beauce, du côté de ton père, ou à Saint-Jérôme, du côté de ta mère ? Je rêve pour toi d'une sépulture au cimetière Notre-Dame-des-Neiges, d'un somptueux mausolée. Je rêve d'un cercueil en verre.

Choisir tes vêtements me hante. J'y pense chaque seconde qui passe. En ce moment, rien ne me semble plus capital. La nudité me paraît le meilleur choix, mais il est hors de question que je t'offre en pâture au temps sans protection. Et puis tu aurais froid.

J'examine la feuille sur laquelle j'écris un poème depuis quelques jours. Je la tourne dans tous les sens. Je la place devant le soleil qui entre par la fenêtre. Je lève la main avant de parler. T'incinérer est impensable. Je ne peux prendre cette décision. Je préfère faire de ton corps une combustion lente.

Je dois maintenant décider quelles fleurs orneront ta dépouille. Tu adorais les pivoines. Ton sourire, je le vois encore lorsque le printemps revenait avec ses bourgeons gorgés de promesses. Un matin, il n'y avait rien. Le lendemain, quelles couleurs ! Des couleurs offertes pour tes mains. Je dois décider avec quelles peluches tu descendras, avec quels vêtements. Je dois décider de la musique et même de la nourriture qui sera servie après l'enterrement. Je dois décider.

La cérémonie se déroule dans l'intimité. Tes grands-parents, quelques amis de ton père. Du temps de ton vivant, pas un seul n'était capable de te nommer par ton nom. Ils t'appelaient *l'enfant,* pour prendre une distance peut-être. Je ne crois pas que cela était voulu, et c'est bien pire. Te nommer aurait signifié t'accueillir dans leur monde, et ils ne pouvaient pas.

Je te regarde descendre, puis disparaître complètement sous la terre comme si tu n'avais jamais existé. J'ai tellement soif.

Après l'enterrement, je comprends que je ne rentrerai plus jamais chez moi.

Revenir. Monter l'escalier. Faire tourner la clé dans la serrure. J'ouvre la porte d'un coup comme si j'avais peur qu'un malfaiteur m'attende au bout du couloir. Je laisse tomber mon sac par terre. La tête du chat apparaît. Je reste sur le seuil un temps incalculable, les bras ballants. Je n'aurais pas dû revenir ici. La voisine m'espionne peut-être à travers le judas.

Les pièces ne sont pas désignées selon les termes habituels, chambre des parents, chambre d'enfant, mais par grande chambre et petite chambre. Tu traverses de l'une à l'autre au gré de tes humeurs, emportes ton petit oreiller bourré d'écales de sarrasin, Rose, le bébé que ma mère t'a acheté et que tu traînes partout, à qui tu laisses des livres avant de partir pour la garderie afin qu'elle ne s'ennuie pas trop en ton absence, tes toutous, et creuses ta tanière au centre du lit, nous repousses aux limites du matelas, gardiens du navire. Je te regarde dormir, échoué sur ta plage de rêves. Tu souris, lèves le bras et te caresses le visage avant de replonger en apnée vers un monde fantastique.

Sur la pointe des pieds, je regarde par le judas de la voisine comme dans une boule de cristal qui montrerait le passé. Je ne peux penser à toi sans penser aux enfants que je n'ai pas et qui me changeraient les idées. Tes vêtements auraient fait à un petit frère ou à une petite sœur.

On dit que plus une femme est instruite, moins elle a de chances d'avoir des enfants, mais l'illusion d'une famille nombreuse me berce, me fait sourire. T'imaginer en grand frère m'apporte chaleur et béatitude, j'adore l'image, celle du potager, du chien à qui on lance la balle. Une armée de bébés à la campagne, un vrai clan. Un cauchemar. Quand ton père regarde des photos de moi petite, il dit qu'il aimerait bien en avoir une « comme ça ». Une petite fille comme la chair autour de mes os. Mais jamais je ne pourrais accepter d'accueillir en moi un enfant qui irait de soi. Qui arriverait dans une famille unie par les réussites communes et les épreuves surmontées. Qui arriverait quand le pire serait derrière lui.

Je me sais enceinte de nouveau à la seconde où mes cheveux me font mal, une étrange sensation, comme s'ils essayaient de rentrer dans mon crâne. J'attends et viennent les nausées, les maux de dos. J'espère m'en sortir avec les méthodes habituelles, respirer au-dessus d'un flacon d'huile essentielle de menthe, m'appliquer des compresses d'eau froide sur le front, fixer un point devant moi. Je patiente, c'est sûrement une autre de mes lubies pour passer le temps, je me sens souvent malade, non pas à l'article de la mort, mais j'ai ce qu'on appelle une santé fragile. Une courbe sur l'autoroute suffit à me faire vomir, un degré en trop ou en moins me renvoie au lit sans autre possibilité, avaler une gorgée d'eau trop froide hypothèque la prochaine heure, je dois m'en remettre. Boire un espresso est devenu avec les années le comble de l'extravagance. Les médecins ne trouvent jamais rien, il faudrait qu'ils soient là au moment exact où les maux apparaissent.

Je refais la route du mois précédent afin de remonter à la source de mon état de femme de nouveau enceinte. Le mois précédent, un degré en trop ou en moins m'avait fait vomir quelques minutes après avoir avalé mon anovulant. Sur le coup, je n'avais pensé à rien d'autre qu'à me reposer, mais cette entorse avait fait de mon ventre une promesse sur le marché des embryons potentiels. Or, cette fois, je ne suis pas disponible.

Ton scénario ne doit pas se reproduire. Le petit frère ou la *grande* sœur dont tu me parles, je ne peux te les donner. En moi, je tente de retrouver l'espace qui t'a accueilli jadis, mais il se dérobe à l'instant où mon cœur prend son élan. La vague d'amour ne se forme pas.

Les images tracées au fil des jours de ta vie disparaissent. Ces cellules ne vivront pas, ne formeront pas un corps, ce corps, je ne le connais pas. Je dis non. Toi qui avais été si limpide, qui m'as permis d'envisager l'avenir à travers le prisme d'un grand feu, tu ne t'es pas propagé. Ces nouvelles cellules restent opaques et hermétiques, je ne sais pas à partir de quel lieu elles se forment. L'aplomb avec lequel je refuse révèle certainement quelque chose à propos de ton existence qui n'a jamais été réglé. Je pourrais garder cet enfant, mais je me suiciderais peu après. Je ne crois pas à la théorie voulant que l'amour d'une mère ne se divise pas, mais se multiplie. De la foutaise pour les gens de bonne famille. Ce qui ne m'empêche pas de me surprendre à m'imaginer dire « Les garçons ». Oui-non-non-oui. Je ne veux pas ressusciter la splendeur de l'arrachement, la plus belle chose du monde. Je ne peux pas. Malgré les larmes silencieuses, ton père et moi sommes d'accord, quatre est un chiffre trop dangereux.

À l'hôpital, les infirmières me remettent un guide d'*accompagnement,* de préparation, oui, il faut se préparer pour subir ce genre d'intervention. Remballer ses bagages en cinq étapes faciles. Je suis scandalisée de devoir passer une échographie. De la torture pure et simple. Je suis convaincue que bien des femmes cèdent à ce moment et retournent chez elles, lorsque les cellules se métamorphosent en images. Les yeux fermés, je tourne la tête dans la direction opposée, je refuse de me soumettre à ce supplice. Si je vois, je pars. Mais ce n'est pas tout. Il faut encore attendre. L'intervention n'est pas prévue aujourd'hui, un rendez-vous est fixé pour la *suite.* La vraie bataille débute au cœur de cette attente. Les minutes et les heures propulsent une fin qui ne vient cependant pas assez rapidement, et j'ai l'impression d'avancer chaque matin à reculons. Le guide d'accompagnement fait tout sauf m'accompagner, me fait l'effet d'une bombe à retardement. Sept jours avant… La veille… Le matin de l'intervention… Du lundi au vendredi, de huit heures quarante-cinq à onze heures quarante-cinq et de midi quarante-cinq à quinze heures trente. Un petit sandwich au jambon entre trois craquements de cou.

Le comble de l'ironie : « Prévoyez une journée d'absence et *libérez-vous de vos engagements.* En raison de la médication administrée, *il est recommandé pour les vingt-quatre prochaines heures de s'abstenir de prendre des décisions importantes.* » (C'est moi qui souligne.)

Non, je ne dis pas : Avoir su, je l'aurais gardé.

Le mois d'après, je commence à saigner précocement. Un peu, puis beaucoup. J'attends que ça passe, mais tous les matins je perds du sang, incapable de le garder pour moi. Je n'ai aucunement le droit d'être malade, une mère n'a jamais le droit d'être malade. J'accomplis les gestes habituels. Je prépare un cake au citron, des smoothies à la mangue, je te lis des histoires. Le mot d'ordre est *faire comme d'habitude.* Au bout de dix jours de sang perdu, je m'évanouis dans mon sommeil.

Encore aujourd'hui, elle se souvient avec une dangereuse précision de l'effet, une expérience extra-sensorielle, un ascenseur qui lâche, une porte qui s'ouvre au milieu du cerveau. Un autoengloutissement.

Tu reposes à mes côtés, tu es donc là et ne t'es rendu compte de rien. Dans cet état de demi-vie où je suis aquatique, sirène, je cherche mon air entre ma fin et le sommeil, et je ne pense qu'à toi. Qui te fera à déjeuner si je meurs ? Ton père travaille à l'extérieur, le moment est mal choisi. Je suis bouffée par la chaleur et les angoisses ; si c'est ça, mourir, je ne veux plus rien savoir. Tant bien que mal, je réussis à me rendormir, mais le matin n'apporte aucune délivrance, au contraire. C'est encore pire.

Une tranche de pain à *rien* compose ton déjeuner, une clémentine à moitié épluchée traîne sur la table toute la journée. Allongée sur le sofa, je consens à allumer la télévision, incapable de faire quoi que ce soit. Pour la première fois de notre vie, je pleure devant toi, j'ai peur. Ta grand-mère doit venir passer la journée avec toi afin que je puisse me présenter aux urgences de l'hôpital le plus proche. Je cherche les mots, un mot, n'importe lequel, pour nommer mon état, mais il n'existe pas, ce mot pour désigner cette douleur nouvelle qui m'écarte de moi-même tout en me séquestrant. Je sens au fond de mon ventre un entrelacs de filets liquides. Entre mon cerveau et mon crâne, quelque chose court, me frappe de l'intérieur et agite ses cymbales, je vois les grands disques dorés.

Plus rien n'est spontané. Je lève la main et prends conscience après coup de la mécanique du geste, je suis à rebours des mouvements de mon corps. Je n'arrive plus à penser, je ferme les yeux.

Aux urgences, la jeune femme se met à pleurer. Devant l'adjointe administrative, l'infirmière, le médecin. Elle qui ne pleure jamais ne fait que ça, s'épancher devant des inconnus, la gorge contractée par on ne sait quelle main du diable. Elle répète : « Je sais pas ce qui m'arrive. » Pourtant, tous ses signes vitaux sont beaux, aussi bien dire qu'ils sont parfaits. Une bonne pression (113/78), un bon pouls (80), un taux d'oxygène à 100 %. Seule sa température est basse, mais elle l'a toujours été, oscillant entre 35 et 35,5 degrés. Elle vit à une décimale de l'hypothermie, il y a certainement là un signe, ce froid constant dit quelque chose au sujet du spectre qui la prend pour sa tombe. Sa peau a les teintes d'un iceberg, et porter trois vestes ne change rien à sa température, qui n'a jamais dépassé les 35,5 degrés. Rien d'anormal, donc. Son corps se fiche d'elle.

Les vers cruels de Ted Hughes s'impriment à la surface de son front.

À écouter tes pleurs
Tu étais déjà au-delà du désastre,
Au-delà du pire. Et je me demandais
À quel point est-elle malade ? Est-ce qu'elle exagère ?

Les prises de sang ne révèlent rien d'anormal, mais le médecin doit se rendre à l'évidence, il y a *quelque chose.* Il lui tend une chemise trop grande sans attache et sans bouton, elle n'arrive pas à la mettre, et dans le couloir les gens passent, les gens parlent. Certains vont jusqu'à faire des blagues et cela la contrarie, elle qui est seule dans la pièce avec sa chemise mal mise. La lumière blanche des néons fait ressortir absolument tout ce qu'il peut y avoir de dégoûtant chez l'être humain, la moindre pustule, la moindre lésion, même la peau change de couleur sous cet éclairage. En entrant, le médecin lui dit « Faites-vous-en pas, on est habitués, ça va couler » en pointant une espèce de tapis qui ressemble à un pipi *pad* pour chien. La honte la défie, ses pieds dans les étriers, les jambes ouvertes pleines de sang, elle ressent quelque chose comme le déshonneur le plus grand. Je suis misérable, la pire de toutes. Ce corps est le mien, même si pour eux il n'est que le suivant.

Elle passe plusieurs examens qui n'aboutissent à aucun résultat. Pourtant, elle souhaite plus que tout qu'ils trouvent quelque chose. Un site archéologique décevant. Je ne suis pas une bonne malade. Elle pense à son fils qui lui a dit plus tôt cette semaine « J'ai la tête pleine de loups » avec un flegme effrayant. Le regard tourné vers elle, il prononce deux fois ces paroles maudites. Un moment de silence s'étend. Un avion passe au-dessus de leurs têtes et coupe le ciel en deux. Une fin prématurée logée au plus profond de la tête éclot. Fleur empoisonnée. Elle saisit le bras de son plus grand amour pour l'éloigner de l'ombre. Les médecins lui demandent à quelle intensité, sur une échelle de un à dix, se chiffre sa douleur, mais cette échelle ne sert à rien pour définir son état, elle ressent plutôt les choses en termes de couleurs. Quelque part entre le jaune et le violet.

L'hôpital regorge de cas urgents, et elle leur fait perdre du temps. Au moment de passer l'échographie, la radiologiste croit voir quelque chose dans ses ovaires ; finalement, il n'y a rien. L'ombre de ce que son bébé avait peut-être été, visible durant une seule seconde. Elle aimerait que la médecin repasse la sonde sur le bas de son ventre, qu'elle puisse, cette fois, regarder l'image sur l'écran, avoir une vraie discussion avec ses cellules. Mais elle ne demande rien.

À l'hôpital, dans les salles d'attente, il fait froid. Je suis transie et ne vois de couverture nulle part. Mes ongles sont bleus, mes jambes sont bleues. Des malades attendent sur des civières dans le corridor comme s'ils étaient à l'abattoir. Thomas Bernhard parle de l'hôpital comme d'un district de la pensée où l'écrivain doit impérativement séjourner à l'occasion, sous peine de sombrer dans l'insignifiance. Effectivement, à l'hôpital, elle a l'impression d'entrer dans une autre réalité, une usine de rafistolage. Elle essaie de retenir la totalité de son expérience, de se faire éponge afin de revisiter l'événement ultérieurement, tente de saisir un sens. Elle refuse de vivre cela pour rien.

On la renvoie bredouille à la maison, lui prescrivant une dose d'acide tranexamique devant faire cesser la source de couler. Elle reste au lit les jours suivants, heureusement sa mère peut s'occuper de son fils. Ils vont camper à L'Islet-sur-Mer. Les photos qu'elle lui envoie des couchers du soleil sont magnifiques.

Les médicaments mettent plus de soixante-douze heures à faire effet. Quelque chose, quelque part, tente désespérément de s'accrocher comme un fœtus rejouant sa mort chaque matin.

Je n'ai toujours pas bougé. Sur le seuil, j'attends que quelqu'un vienne me chercher et m'emmène loin d'ici. On me convie à des groupes de discussion dans des centres communautaires, mais je ne veux rien partager. Après le salon funéraire, ma mère m'a encore refilé un numéro de téléphone. Quand on se compare, on se console, et c'est exactement ça, le problème. Le chat vient se frotter sur mes jambes. Si la voisine ouvre la porte du vestibule pour sortir ou pour rentrer chez elle, il s'enfuira et je ne le retrouverai jamais. J'imagine la scène de la même façon que je rêvais souvent que tu te noyais à côté de moi sans que mes bras puissent te sauver. Toujours, ils étaient trop lourds, et je te regardais couler dans le fond, impuissante.

Le chat devait t'aider à passer à travers l'absence de ton père. J'ai attendu si longtemps avant de me décider à franchir le pas. Accepter la relation qui pouvait me lier à une bête me rappelait sans cesse mes jeunes années où je me vengeais sur Charlie, un colley miniature que mon père m'avait acheté. Tous les jours, je le balançais par la queue et je lui jetais des mottes de terre. Je voulais le faire souffrir au maximum, je déchargeais sur lui ma haine accumulée. Je le blessais afin de pouvoir le consoler et lui dire que tout irait bien à partir de maintenant. Un jour, il s'est fait écraser. Aujourd'hui, je n'ai pas de chien par crainte de ne pas être à la hauteur.

Toujours est-il qu'*un* chat, le *nôtre*, est entré ici, et voilà qu'un fil de vie se promenait partout dans l'appartement. C'est ainsi et seulement ainsi que je le concevais. Un cœur de plus, un dos qui se cambre au même titre qu'une vague bercée par le vent du fleuve. Tu lui servais ses croquettes, le brossais et le serrais un peu trop fort. Malgré sa patience, il lui arrivait de te fuir, et tu pleurais. La nuit, il revenait te voir, tu te réveillais et vous vous endormiez ensemble, sa tête lovée dans ton cou. Les jours passaient, et je me laissais moi-même prendre au jeu. J'arrêtais de le considérer comme un intrus.

Je revois de façon très nette tes yeux s'illuminer lorsque vous jouiez ensemble et qu'il te laissait l'attraper rudement. Il dormait comme un être humain et rêvait comme un être humain, avec des spasmes. Ses yeux, désormais vidés de ta présence, se sont assombris. Il passe la majeure partie de son temps couché sur le pas de ta porte, la moitié du corps en dedans, l'autre moitié en dehors.

Un jour, je partirai d'ici. J'avais presque oublié que nous n'étions que locataires. Je ferai des boîtes devant ma fenêtre surplombant la ville, les lieux seront investis par de nouveaux occupants. Ils mettront une couche de peinture sur les murs, tu ne seras pas assez fort pour rester accroché. Tes gribouillages au crayon de cire, les marques de tes doigts sales. Tout cela partira, mon chéri. Tout cela sera vite effacé. Pire encore. Un jour, une heure passera durant laquelle je ne penserai pas à toi. Je pousserai une porte que tu ne franchiras pas.

Nos souvenirs partent dans toutes les directions. Je tends mes mains pour les retenir, mais ils filent rapidement et je n'ai plus de force. Qu'ils me quittent, qu'ils aillent voir ailleurs si j'y suis. Ce serait déjà ça de gagné. Nos souvenirs se remballent dans leur graine, ces arbres n'ont jamais existé. Quelque part en chemin, la forêt a manqué d'eau.

Maintenant, tout se passe *après* ta mort, de la même façon que tout se passait *depuis* ta naissance. Les mots. Je joue avec eux pour me faire rire, j'essaie d'inventer une langue juste pour moi. Je colle mes mains ensemble, je forme un cercle, un triangle avec mes doigts sans me soucier du temps qui passe. Je finirai bien par me réveiller.

Je rêvais de t'envoyer à l'École des enfants imprévus, cette école que j'imaginais magique et réservée aux petits monstres qui se sont faits tout seuls, ces enfants plus grands que nature qui connaissent la sorcellerie et qui savent lancer les dés. Qui savent se façonner un corps à partir du néant.

Dans mes livres, je pliais les coins des pages lorsqu'un passage m'accrochait, qu'une phrase me torturait. J'espérais qu'un jour, peut-être, tu les lirais aussi. Tu aurais alors eu l'impression de me connaître un peu plus.

Dis-moi qui tu perds, je te dirai qui tu es.

Je raccroche le miroir au-dessus de ma table d'écriture.

Je sors tes dessins des boîtes sous le lit et les gomme sur les murs de la grande chambre.

Devant le miroir, j'étudie mes iris, espère te voir surgir de la seule couleur que je produise encore. Des yeux, comme mes cheveux, orange.

J'imagine aller dans un *rave* et danser toute la nuit.

Écrire, jouer de la musique, cela part de la même intention, du bout des doigts.

Lire, écouter de la musique, cela part de la même nécessité, rejoindre quelqu'un.

J'allume un briquet à répétition.

T'endormir prenait plus d'une heure et demie chaque soir. Il m'arrivait de vouloir enfoncer ton corps dans le matelas jusqu'au sommeil profond.

Lorsque je regarde une série, je suis obsédée par le temps qu'il reste avant la fin d'un épisode. Angoissée, je déplace constamment le curseur sur la barre d'état. Je calcule, je prévois. Je redoute la fin.

Je consulte mon profil Facebook pour me rappeler à quoi je ressemble.

J'essaie de sortir de l'appartement, mais tout ce qui engage un mouvement vers l'avant me donne la nausée.

Je m'étends sur le dos.

Je jette mes chaussures et j'en commande une nouvelle paire sur Internet. J'ai cinq jours pour (ré) apprendre à marcher.

La nuit, je mets le moniteur en fonction, le moindre bruit me fait sursauter, je te cherche entre les ondes ;

j'analyse le grésillement sur la ligne ;

est-ce toi qui me parles depuis un autre monde ;

es-tu coincé dans une autre temporalité ; allô ?

Mes doigts tiennent le moniteur tellement fort contre mon cœur que mes jointures blanchissent.

Au parc, les pigeons te faisaient sursauter comme s'ils réveillaient en toi le souvenir douloureux de celui qui s'est fait arracher les ailes.

Tu répétais après moi, je répétais après toi, à force de s'imiter l'un l'autre, je ne savais plus qui copiait qui.

Avec ton père, tu t'adonnes à des joutes dignes des grands gladiateurs. Ensemble, vous planifiez d'ambitieux desseins. Quand il part le lundi matin reprendre les rênes du boulot qui l'éloigne de nous pour le reste de la semaine, tu feins le détachement le plus complet, ce qui ne t'empêche pas de céder la place à ton comédien intérieur à la seconde où je ne te conviens plus. À ce moment, il n'y en a plus que pour ton père ; à tes yeux, je suis la pire. T'entendre ouvre malgré moi la porte à une méchanceté archaïque, le retour du refoulé casse ses vagues sur mon front et je me méfie de moi, de ma malveillance intacte qui surgit de l'enfance la plus creuse. Je la sens réellement *grimper* dans mon œsophage et déployer ses tentacules, prendre le contrôle de mes yeux, de mes pieds qui me démangent, de ma tête qui tourne toute seule. Je pourrais (te) tuer.

Affamée comme un loup, elle me somme de te dire les paroles les plus terribles (« Ton père est parti parce qu'il se fiche de toi ! »). Je deviens maléfique, puissante. Je m'imagine rire à gorge déployée, les mains nouées sur la poitrine. La belle-mère de Blanche-Neige. Ah ! L'heure de la vengeance a sonné, mon petit, toutes les insultes, toutes les sentences prononcées, tous les abandons sortent de leur trou et reviennent à la vie. Il serait si facile de m'en prendre à toi. Je n'aurais qu'à ouvrir la bouche et laisser se déverser le flot. Ne comprends-tu pas ce qui se passe, imbécile ? Je n'ai jamais voulu de toi !... Pourquoi faudrait-il que mon amour sans cesse t'écarte de mes imprécations intérieures ? J'émets des constats déplaisants à ton égard, je te vois tel que tu es. Rempli de failles et de grincements qui me donnent la nausée. Je me demande à quoi pensent les gens en te croisant, s'ils habitent la même seconde que moi, celle où je te trouve ordinaire. Il n'y aura pas de deuxième chance. S'ils te trouvent laid maintenant, ils te trouveront laid tout le temps. J'aimerais que mon amour me fasse te regarder chaque fois de la même manière. Te prédise un avenir linéaire bordé d'enfants et d'animaux domestiques. Mais non. Je te vois comédien. Danseur. Un acrobate marchant sur son fil de fer, toujours à un pas de sa chute mortelle. Quand je te regarde, ma bouche se tord parfois en un rictus mauvais et je n'y peux rien, c'est vrai. L'horreur. Celle qui me fait me voir te sauter au visage et te dévisser le crâne. Te réduire en miettes. Celle qui transforme le rouleau à pâte, le marteau et la batte de baseball en instruments de la mort dont je dois m'éloigner à la seconde où mes yeux se posent sur eux. L'eau qui monte dans la baignoire et mes mains qui se crispent à la vue de tous les appareils électriques que je pourrais laisser tomber dedans. Je sais qu'on ne doit pas laisser un enfant seul dans le bain, mais parfois je dois m'éloigner de toi pour te protéger.

Ce serait tellement facile, plouf. Une demi-seconde et te voilà électrocuté pour de bon. Je compose le numéro des premiers répondants, ton corps flotte à la surface de l'eau. Calciné. Je n'arrive pas à parler. Je répète que c'est un accident. Tu as laissé tomber quelque chose dans l'eau et je n'ai rien pu faire pour te sauver. Mon adresse ? Je ne m'en souviens plus. « Mais oui, venez. Venez faire la macabre découverte. » Je pleurerai dans la bonne position, une main sur le ventre. Je fermerai les yeux, je partirai à rire. Une voix me répète que la vie ne vaut rien, alors pourquoi t'imposer un tel supplice ? Aussi bien en finir, non ? Tous les deux. Mettre un terme à la mascarade. La fièvre m'enveloppe. Nous sommes seuls au monde, mon chéri. Cela m'apparaît comme une certitude. Pour te sauver, je dois en finir avec nous. Et pourtant, au même moment, je suis prête à me lancer devant un dix-huit roues pour toi, à tout faire pour que ton bonheur se concrétise. Je tuerais tous ceux qui s'en prendraient à toi, une mitrailleuse à la main. S'il fallait que j'apprenne qu'un malheur t'arrive, à la garderie ou à l'école, je ne pourrais me contrôler. Cet enfant qui t'intimide, je le traite de tous les noms. Cet automobiliste qui t'arrose en roulant dans une flaque d'eau passera un sale quart d'heure. Je prends une brique et la lance contre la lunette arrière de sa voiture. J'ouvre sa portière et lui défonce la tête à coups de poing. Tu as le droit de vivre et d'avoir la paix, compris ? Je n'ai pas la décence d'aller chercher de l'aide professionnelle. Ironiquement, j'ai peur qu'on m'enlève mon enfant. *Death is a disease.*

Je change alors de pièce en silence, me bats contre ce désir fou d'anéantissement qui ne te concerne pas. Je retire mes chaussures ou mes pantoufles. Je m'étire sur mon tapis de yoga. Sans mot dire, je renvoie la fillette que j'ai été au fond de sa tanière pour qu'elle y reste. Je lui brise la nuque, je lui donne des coups dans les côtes, je la lance contre le mur, lui hurle de fermer sa gueule maudite. Salope !

Si j'ouvre la bouche, ne serait-ce qu'une fois, il sera trop tard. Aussi bien me couper la langue.

Lorsque surviennent ces épisodes de dissociation maniaque, je ne te vois plus. Cela ne m'empêche pas de me ressaisir de l'extérieur, je regarde ma main caresser tes cheveux, je te souris. Mais je ne suis soudain plus capable de parler. Ce n'est pas toi qui es devant moi. Ma langue s'évanouit et laisse sa place à celle de mon père qui m'a tuée, à celle de ma mère qui m'a abandonnée, à celle de mes grands-parents qui battaient mon père, à celle de mon grand-père maternel qui s'est suicidé. À celle de l'homme qui m'a violée dans ma chambre et avec qui j'ai eu un enfant. J'ai alors l'impression de voir le monde tel qu'il est : sans issue. Je commets l'erreur la plus grande, je pense avoir tout compris, et rien ne sera jamais possible. Je retourne à mon statut primitif et je m'incline devant une menace plus grande que moi : le passé. Je me répète un nombre incalculable de fois que ce n'est pas toi et, pourtant, la voix qui prend le contrôle de mes pensées affirme le contraire. C'est toi, toi, toi, toi. Qu'est-ce que j'attends pour passer à l'acte ?

Mes souvenirs reviennent par flashes.

Ce n'est pas toi qui renverses un verre d'eau, c'est moi. Ce n'est pas moi qui essuie la flaque en te souriant. C'est mon père qui me traite d'estie de connasse et de bonne à rien, qui me tape le dos avec sa revue pornographique. Une chienne. Ces mêmes mots que je veux travestir à ton intention, je les attrape juste à temps. Je les attrape et les renvoie d'où ils sont venus. Je te sers un autre verre. Le fil se tend devant moi. Un faux clignement de paupières suffirait à nous précipiter dans l'abîme.

Mes souvenirs reviennent par flashes.

Ce n'est pas ton corps qui se fait toucher, c'est le mien. Ce ne sont pas mes mains qui s'avancent vers toi sous le drap. Je revois la chambre sombre au sous-sol. Le lit d'eau. Tout cet argent qu'on me donne sans raison. Le prix de mes abus s'accumule à la banque. Mon incapacité à jouir aujourd'hui si je ne baise pas avec un homme qui me répugne au plus haut point.

Durant la nuit, je retiens mes mains qui se confondent et qui avancent vers toi. Je m'endors en me couvrant la poitrine d'une main et le sexe de l'autre. Je me protège.

Il y a des gens qui ont cinq enfants dans l'espoir de racheter le souvenir de leur enfance traumatique et de lui donner une nouvelle tournure. D'autres tuent leurs enfants pour la même raison. Je ne ferai ni l'un ni l'autre.

Je ne serai pas ce que l'histoire veut faire de moi.

Le texte le plus abouti sur le deuil d'un enfant serait celui où il ne se passe rien, serait un livre mal écrit, décousu. Le vrai livre serait un livre qui ne se tient pas, qui tombe en morceaux. Une histoire portée par une narratrice qui nous taperait sur les nerfs à force de se plaindre et de ressasser les mêmes événements. Ce serait une mère qu'on trouverait larmoyante, un texte auquel on ne prêterait aucune qualité littéraire. Ce serait *Philippe* de Camille Laurens.

Je me grise de ton absence. Me voilà en train de rire toute seule, de faire des courbettes dans le lit. Je me retourne dans les draps. Je crois que je jouis.

Je pose un doigt au centre de mon front. Me donne un coup de poing sur la joue, tire la langue. M'enroule les mains autour du cou. Feins une grimace morbide.

Je prépare des pâtes fraîches. Quand la farine entre en contact avec les œufs, quelque chose s'allume. Je t'entends rire dans la cuisine, tu prends place à mon côté sur la chaise que tu apportes chaque fois que tu veux m'aider. Tes mains trop petites ne parviennent pas à pétrir la pâte, c'est à peine si tes doigts s'y enfoncent. Je te prends en photo au cas où tu deviendrais un chef cuisinier renommé, je pourrais alors ressortir cette image et dire : « Comme vous le voyez, cet intérêt s'est développé très jeune. »

Je pétris la pâte, je l'enveloppe.

Je la laisse reposer.

Les trente minutes suivantes donnent à nouveau un sens au temps qui passe.

Un but.

J'allume mon ordinateur. Facebook partage avec

moi le souvenir d'une photo prise il y a deux ans. Tu portes un imperméable orange, je te tire dans une petite charrette. Ton visage est parsemé de piqûres d'insectes.

Je parcours les allées à l'épicerie en poussant mon chariot. En passant devant les hors-d'œuvre surgelés mis en évidence pour le temps des fêtes, des mini-saucisses en pâte feuilletée, des quiches minuscules, des canapés briochés, des bouchées aux épinards, je m'arrête. Tu n'as jamais cru au père Noël, ce qui faisait notre affaire, à ton père et moi. Cela nous enlevait certainement un poids, celui de devoir répéter un mensonge année après année. C'était une trahison de réglée. Néanmoins, je ressentais toujours une sorte de culpabilité, comme si nous te privions de quelque chose, d'une innocence. Comme l'écrit Winnicott, les enfants plus vieux que leur âge ne sont pas en bonne santé. J'aurais peut-être dû prendre mon rôle de porte-parole du père Noël plus au sérieux. Après tout, n'avais-je pas moi-même de merveilleux souvenirs quand, le 24 décembre au soir, mon frère et moi versions le lait dans le verre, déposions les biscuits dans l'assiette? L'idée d'aller passer quelques jours chez ma mère à cette période de l'année devrait me rendre légère, je n'aurais pas à me lever le matin et à cuisiner. Tu écouterais des bonshommes à la télé en mangeant une crêpe noyée dans le sirop d'érable. Je n'aurais pas grand-chose à dire. Nous serions réunis sans être réellement ensemble, mais la neige tomberait, on regarderait les vieilles vidéos prises par mon beau-père lorsque j'avais ton âge. Tu me demanderais: « Mais j'étais où, moi, maman? »

Question à laquelle je n'ai jamais trouvé de réponse satisfaisante. Tu ne voulais pas avoir été une poussière d'étoile, une idée, un grain de riz, un petit néant, un petit rien. Tu te voulais tel que tu étais ce jour-là depuis toujours. En écrivant ces mots, je réalise que je n'ai jamais compris ta question correctement. Tu ne me demandais pas ce *que* tu étais, mais *où* tu étais. Après avoir regardé des vidéos de moi enfant, on dirait : « Mon Dieu que ça passe vite, ç'a pas de bon sens. » On ferait le point. On irait jouer dehors, je te tirerais dans une luge rouge vif. Je réaliserais plus tôt que tard que mon père ne m'écrirait pas, et cela graverait dans ma peau la marque supplémentaire du temps qui passe effectivement, voilà maintenant cinq ans que je ne l'ai pas vu. Pourtant, malgré l'écart qui se creuse, je ne parviens pas à me fixer pour de bon. Je ne me sens pas prête à prendre une décision sans équivoque. Je pourrais ne pas voir mon père durant vingt ans sans jamais réussir à oublier qu'il pourrait réapparaître dans l'instant. C'est à tout ça que je pense devant les hors-d'œuvre surgelés.

Je suis enceinte lorsque je commence ma deuxième session de maîtrise. Je peux tout te sacrifier, sauf mes études, cela est impossible. À l'université, mes résultats sont excellents sans être exceptionnels, la nécessité de contribuer à la sphère savante me déserte complètement et je ne rédige rien en cotutelle avec une éminente professeure d'une grande université européenne. Je ne désire pas devenir prof, justement, devoir publier des articles scientifiques lus par trois personnes, passer ma vie à remplir des formulaires, des demandes de financement, organiser des colloques, des conférences, superviser des travaux et que sais-je encore. Je ne partage *mon* savoir avec personne en particulier. Qui pourrais-je bien éclairer de mes lanternes éteintes de toute façon ?

Les gens me prêtent un régime de vie militaire, on aime croire que je me couche passé minuit pour rattraper le temps nécessaire aux idées et me réveille à quatre heures du matin pour écrire à la chandelle. Que nenni ! Il y a un horaire, une routine dans laquelle nous baignons tous les deux comme des poissons. Tes écailles sont beaucoup plus résistantes que les miennes, elles réfléchissent la lumière avec plus de fureur. Tu tournes autour de moi, je tourne autour de toi, nous vivons en parfaite synchronie, comme si tu cherchais à expier la dette précédant ta naissance, celle qu'ont peut-être tous les enfants qui n'étaient pas prévus au programme.

Dans mon dos on dit « Elle n'est pas normale », mais j'essaie seulement de vivre.

C'est en devenant mère que j'accède finalement à l'aide financière aux études. Malgré le salaire faramineux de chacun de mes parents, ni l'un ni l'autre ne m'aide, je dois m'*arranger.* Durant quelques années, mon infortune est de savoir que je ne serai pas en mesure de payer ma session avant qu'elle commence. Qu'on coupera mes accès tôt ou tard à la bibliothèque et aux différents portails indispensables à mon cheminement. Je suis encore considérée comme étant à la charge de l'un ou l'autre de mes parents même si je ne vis ni chez l'un ni chez l'autre depuis longtemps. Mon rêve de trajectoire *parfaite,* linéaire, ne se concrétisera jamais, je dois commencer trois baccalauréats différents avant d'en terminer un, enfin, au prix de l'angoisse de n'avoir que quarante dollars par semaine pour manger. Je pourrais mettre mes études sur pause, mais cela est plus fort que moi, il faut que je marche dans les couloirs de l'université. Puis tu arrives. Et tout se place. Alors que je ne m'appartiens plus, je suis maintenant considérée comme autonome par le gouvernement.

Les soucis financiers envolés, je peux me consacrer davantage à mes études. Plus de temps signifie de meilleurs résultats, de meilleurs résultats signifient une bourse, puis deux et trois, jusqu'à ne plus pouvoir les compter. Sans ce temps hors du temps, je serais probablement engloutie, ne lirais rien d'intéressant et écrirais encore moins quelque chose de convenable. Je passerais à côté de moi pour de bon. En vérité, le mode de vie universitaire me permet de me concentrer sur tout, sauf sur l'université : poésie, récit, lecture, toi. Il ne suffit que de rédiger trois excellents travaux au cours de son baccalauréat pour ensuite les reprendre et les adapter, les peaufiner. C'est ce que je fais. Depuis ma troisième année de baccalauréat, je reprends toujours les mêmes trois travaux sans exception, ceux que j'ai le mieux réussis, et je les adapte aux nouvelles exigences. Je change les mots de place.

En vérité, la vie universitaire est l'occasion idéale pour me concentrer sur toi, te donner l'espace nécessaire pour grandir à un rythme qui n'est pas forcé par la main du monde qui n'en finit plus de tourner sur lui-même. C'est l'occasion idéale d'apprendre à devenir ta mère.

Toutefois, je maudis ma voix intérieure qui hurle à l'imposture sans parvenir à la faire taire. Je suis un embryon d'intellectuelle, une tache. Lorsqu'on me dit que je suis belle, je réponds que je le sais. Lorsqu'on me dit que je suis intelligente, je pars à rire. Chaque fois que je reçois une bourse ou une mention, la voix me rappelle que j'ai sûrement été la seule à postuler, je reçois des éloges par défaut.

À la maîtrise, même mon directeur ne croyait pas trop en mes chances de remporter une bourse importante, et il faudrait que je rédige mon mémoire sans subvention. Mais j'ai réussi, on m'a dit oui. J'avais soumis une demande comme on lance un caillou dans une fontaine, en sachant qu'espérer très fort ne changerait rien à la décision rendue. Cela est sans compter les quelques personnes dans mon entourage, dont certains amis de ton père et ton père lui-même, qui s'étaient vu refuser des bourses similaires. Je comprenais leur frustration, je taisais donc ma joie. Ces jeunes hommes croyaient que le monde leur appartenait et ils acceptaient difficilement que d'autres qu'eux raflent les honneurs. Surtout si c'étaient des *elles*. J'avais droit au concert de leurs litanies : celles et ceux qui reçoivent des fonds sont des lécheux de cul. Eux n'ont pas été pas choisis seulement et seulement parce qu'ils voient clair. Ne leur serait jamais venu à l'esprit qu'ils n'étaient peut-être pas à la hauteur du sujet qu'ils prétendaient étudier.

Ton père a presque réussi à me dissuader de poursuivre mes études. La place d'une mère n'est pas sur les bancs de l'université. En plus d'avoir gâché son avenir, je vole ses rêves.

Pourtant, j'aimais la compagnie de ces garçons et j'avoue que leurs propos m'ont souvent fait rigoler. Oui, peut-être que j'aimais avoir l'impression de faire partie de leur *boys club*. Cela me rassurait sur ma supériorité morale. Alors que n'importe quelle fille serait partie, j'endurais tout. Je restais. J'étais plus forte que les autres. Que mon amroux m'utilise, me trompe, m'opprime et me bouscule, peu importe. Il pouvait compter sur moi, et cela m'apparaissait comme quelque chose de précieux dont j'étais la seule dépositaire. Martine Delvaux a d'ailleurs écrit quelque chose qui m'a percutée : « Mais on manque de courage, on ne veut pas courir le risque de ne pas être élue[, on veut être] la seule femme qui reste comme la seule quille au bout de l'allée, celle qu'on garde, celle qu'ils disent aimer [...] dans l'espoir que l'une d'entre nous soit repêchée et que ce soit moi, moi membre du cénacle. »

Ma mère, ma tante, mes grands-mères, tout ce beau monde s'inquiète tellement pour moi, remet mille fois en doute mes capacités à poursuivre mes études, dans mon dos elles disent Elle n'y arrivera pas, crainte que je ne formule jamais, non. Je refuse de croire qu'un enfant nous dépossède, nous vide et nous laisse sur le coin d'une rue comme un vieux débris tout juste bon pour le site d'enfouissement. Y croire, c'est faire partie du problème qui enclenche la prophétie de l'enfant qui gâche l'existence. (Certains appellent cette tactique le déni.)

Alors que nous discutons après un cours, mon directeur me dit : « Il faut prendre du temps pour vous. » Je ne comprends pas, à mon sens, aller à l'université correspond déjà à ce temps pris pour moi – pour toi ? Entre deux gorgées de thé, il me parle d'un colloque auquel je pourrais participer et je ne fais rien d'autre que regarder les autobus passer devant le café étudiant. Je n'ose pas sortir mon cellulaire, mais je me doute qu'il est au moins seize heures. Il faut que je parte, que j'aille te chercher, mais je reste assise.

À mon arrivée à l'Université Laval, je m'endors

avant le premier séminaire. La plupart des gens ne m'inspirent rien, le campus ne m'inspire rien. À l'Université Laval, je me bats sans arrêt contre des règlements stupides et ses professeurs qui s'évertuent à faire respecter la stupidité de ces règlements. Je me bats contre ceux qui écrivent « Ph. D. » à la fin de chacun de leurs courriels, je me demande s'ils se nomment ainsi lorsqu'ils vont chez Starbucks : « Quel est votre nom ? Valérie Ph. D. » Les cours de création m'ennuient à mourir, j'ai affaire à des « professionnels » de l'écriture. Lorsque les étudiants me livrent leurs commentaires sur mes textes, ils se focalisent sur des technicités, utilisais-je les verbes *être* et *avoir* souvent, répétais-je le même mot dans le même paragraphe ? Oui. Ils s'empressent de surligner en jaune, de corriger ces infâmes étourderies, rien sur le fond, tout sur la forme, *car la forme, c'est le fond qui remonte à la surface.*

Je dois prendre garde à ne pas me confondre avec mes sujets d'étude. Au baccalauréat, on me met sur la piste de Sylvia Plath et on me conseille ensuite de m'en éloigner. L'université, c'est bien, mais si j'avais moins de savoir-vivre, il me faudrait avouer que *je* suis mon sujet de prédilection. Le reste n'est que mascarade. Le gouvernement me paie pour que je me dévoile, que j'arrête le temps. Ou, au contraire, me permet de le reculer, de l'avancer.

Il m'arrive de m'asseoir seule au comptoir d'un bar et de commander une pinte de bière noire. Je me laisse bercer par le mouvement des employés. Avoir des amis me manque. J'aimerais pouvoir prendre des nouvelles de quelqu'un, aller à la pêche. Maggie Nelson écrit souvent à propos de son cercle, et cela me fait un pincement. Mais elle parle aussi de ses années de solitude, trois ans de solitude extrême, et cela me réconforte. Je n'ai jamais cru à la quête du Grand Livre qui change une vie, mais ses essais et sa poésie m'accompagnent. Lorsque je la lis, je peux être moi-même. Sensation étrange, diffuse. Autour de moi, les gens semblent si *naturels.*

J'écris à l'heure du bain. Les différents savons et tubes de dentifrice, les plantes vertes et les bouteilles de produits pour la peau s'empilent sur la seule tablette. Ici, les médicaments ne sont pas mis sous clé ou hors de portée. Notre situation nous force à être négligents. Bien sûr, je range mes comprimés de fer, et ton père, ses antipsychotiques. Mais pour le reste, c'est à tes risques et périls. Je baisse le store, t'aide à te déshabiller et te brosse les dents avant de vérifier la température de l'eau savonneuse pour la dixième fois. Je suis assise sur le siège des toilettes, et mes mots trempent dans la pisse que tu laisses tomber partout. L'odeur acide se mêle à celle de tes rires, et le petit sachet de lavande séchée n'y change rien. Frotter, laver, essuyer. Une chorégraphie infernale à laquelle je m'astreins plusieurs fois par semaine sans aucun résultat. Tout s'accumule à mon insu. La poussière. La crasse. L'impression d'être née pour ça. Déloger mes traces et celles des autres. Effacer les preuves de notre passage, qui pourtant s'entêtent.

Tes grands-parents sont venus te chercher pour quelques jours. Ma journée de travail terminée, je vais marcher sur les plaines en écoutant de la musique. Je goûte au fruit défendu. Ainsi en est-il quelques fois par année lorsque le soleil revient. Je pourrais marcher toute la soirée sans m'arrêter. Seule au milieu des autres, je poursuis ma route. Sur ma peau, les rayons froids produisent tout de même leur effet. Je suis où je dois être. Je n'ai jamais espéré autre chose. Certains disent être ivres de bonheur et je les entends. Ce moment ne durera que quelques minutes, je le sais. Je pourrais mourir, je pourrais tomber dans l'herbe. Mais l'avenir tient ses promesses.

L'eau dans mon verre s'évapore.
J'essaie de me lever.
Je n'aurai bientôt plus assez de doigts pour calculer les semaines qui me séparent de ta mort.
Les draps de mon lit dépassent.
La cendre s'accumule.
Je ne comprends plus *le bruit des choses vivantes.*
Je me roule sur le plancher,
fais couler du lait sur les cadres.
Mes dents de sagesse m'élancent.
Je dois fermer les lumières la nuit,
me désabonner de l'infolettre de la garderie.

Je fais ce rêve étrange. Je marche dans un manoir, entourée de gens qui entrent en contact avec leurs morts. Un chant grégorien résonne sur les parois humides faiblement éclairées par des chandelles, un œil sans paupière ni cils me regarde. Les fantômes surgissent par à-coups, leurs têtes se matérialisent devant moi, puis s'éclipsent, la moitié d'un visage. Ils portent des vêtements qui qualifient l'apparence des vivants, la peur fait place au bonheur de revoir ceux qu'on aime. Et je te cherche. Je monte l'escalier en bois foncé, une main sur la rampe. Une caméra capte le mouvement de ma chute à venir. Des forces me retiennent par les épaules et par la taille, je ne peux plus bouger. Je n'arrive pas à me retourner. Impossible de regarder derrière… Le décor se met à reculer, comme aspiré dans un vortex. Alors que je t'appelle, les sons se transforment en images. Tout tourne autour de moi. Ton nom fait surgir un escargot à la coquille jaune, une tulipe, une fourmi noire. Je cours au dernier étage. Le plafond éclate en nuées d'oiseaux que je ne peux attraper malgré le filet que je tiens. Encore une fois, je me retrouve devant une rue que je n'arrive pas à traverser.

La garderie a offert ta place à un autre. Je dois aller récupérer tes effets personnels, emprunter le chemin Sainte-Foy vers l'ouest, ce que j'ai refusé de faire jusqu'ici. Je t'imagine au bout de la rue, derrière les buissons, en train de retourner la terre pour trouver des vers et des escargots, courir sur les murets de pierres, les boucles de tes cheveux au vent. Ces matins, toujours les mêmes et pourtant uniques, ouvrent de nouvelles perspectives sur ma manière de regarder le monde. Je me perds dans tes yeux ; ils voient tant de choses. Tu portes ton sac à dos bleu sur tes épaules pour faire comme si tu allais à l'école et je te demande d'attendre. Ne t'en va pas tout de suite, ne t'en va pas trop vite. Reste avec moi encore un peu. Juste un peu.

Together we will live forever.

Un soleil froid luit dans le ciel. Couleurs cruelles. Justes.

J'enfile mes bottes à crampons, je t'en ai acheté une nouvelle paire, tes pieds grandissent constamment. Sous mon manteau d'hiver, une grosse veste en laine et deux chandails. Tuque, foulard, mitaines. Cela ne suffit pourtant pas à me faire disparaître.

J'attends au coin de la rue Saint-Jean que le feu tourne au vert. Le bout de mon nez refroidit. Il y a des gens qui marchent, d'autres conduisent des voitures, des parents traînent leurs enfants dans des luges rouge vif. Le bruit du plastique sur la glace. Des pneus qui s'arrêtent. Le craquement de la neige. Les gens leur sourient, la vapeur qui sort de nos bouches donne corps à nos fantômes. Je vois des guirlandes dorées à travers la fenêtre de l'immeuble devant moi. Un carré de lumière. Mes larmes se cristallisent à la seconde où elles jaillissent.

L'avenue De Bourlamaque, que tu appelles l'avenue du Gros Tabarnack. La piscine municipale. L'épicerie où je vais presque chaque jour, car il manque toujours un ingrédient pour se faire plaisir. La haute tour d'habitation. Le CPE derrière.

Sans qu'elle s'en rende compte, la jeune femme s'arrête de marcher au milieu du trottoir pour fixer quelque chose d'invisible par-delà les arbres nus. Quelques piétons la bousculent.

Le cri des enfants la percute. Elle franchit la première grille difficilement en raison de la glace sur le loquet. Un léger coup de pied dans le bas lui permet de l'ouvrir, une fine poudre blanche s'envole. Moins d'un mètre la sépare de la seconde grille. Elle n'est pas obligée d'y aller, il est toujours temps de rebrousser chemin, de trouver une excuse. L'entièreté de la vie de son fils à la garderie tient dans un petit sac à dos bleu avec des sapins et des camions. Deux enfants s'approchent de la grille et posent leurs mitaines mouillées sur le bord en reniflant, les cheveux dans les yeux. « T'es qui, toi ? » Elle reconnaît au loin un des amis de son garçon. Les deux portent le même prénom, habitent la même rue et fréquentent la même garderie. Le comble : l'ami a les cheveux roux. C'est la première fois qu'elle le voit depuis le jour fatidique. Elle passe en revue la cour de récréation, les toboggans, les Krazy Karpet, les sourires espiègles, les bonshommes de neige.

Inconsciemment, elle cherche le visage qui a remplacé celui de son fils.

Suis-je en train de t'inventer une fin qui ne s'est pas déroulée ainsi, une fin qui me conviendrait, à laquelle je pourrais m'accrocher, contre laquelle je n'aurais rien pu et qui aurait été scellée avant même que les Moires s'occupent de ton destin ? Une fin que tu aurais choisie et dont tu n'aurais pas été la banale victime ? Peut-être que cette fin remaniée ou non m'arrange parce que je la porte en moi et qu'elle est la seule manière de vivre que je connaisse.

Ton père travaille dans une autre ville depuis maintenant cinq mois. Sa maîtrise en poche, Montréal ne lui sert plus à rien, hormis à faire des choses qu'il regrette aussitôt. Après lui avoir fait miroiter un emploi taillé sur mesure pour ses centres d'intérêt et ses compétences, le parti élu aux dernières élections semble l'avoir oublié dans un coin. De ces élections, nous avions parlé longuement. Même si je n'en pouvais plus des libéraux, je les détestais, une part de moi souhaitait qu'ils soient réélus. Je voulais continuer de surfer sur mon dégoût, ne pas en revenir de faire partie d'une province peuplée d'autant d'imbéciles. Nous sommes dans la dèche depuis la Conquête et ce n'est pas près de changer. Drapeau en berne et ainsi de suite.

Comme Aquin, ton père *attend l'appel*. Celui qui ne viendra jamais. Pendant qu'il rumine, suspendu dans un temps qui l'est aussi, ceux qui lui avaient promis un emploi continuent d'aller et de venir sans y penser vraiment, ce qui est prioritaire pour ton père n'est qu'un détail pour eux. Il faut dire que les vrais gagnants de notre époque sont ceux ayant appris à *communiquer*. Savoir *communiquer*, c'est voir s'ouvrir devant soi l'accès aux emplois les plus intéressants et les mieux payés. Comme il se fera dire un peu plus tard : « Toi, t'es un gars de réflexion. On cherche plutôt quelqu'un de communication. » Il doit donc se résoudre à trouver autre chose. Bien qu'il ait envoyé de nombreux CV dans les cégeps de la région métropolitaine, aucun poste n'était ouvert, les vieux de la vieille s'entêtent à ne pas prendre leur retraite. Malgré un fonds de pension gonflé à bloc, ils refusent de laisser leur place aux suivants. « Je me demande quel est le taux de suicide chez les diplômés universitaires… » Il cherche des complots, rêve de gagner à la loterie sans jamais acheter de billet, commence à croire que ce doit être parce qu'il ne veut pas assez. Peu à peu, ton père s'écarte de son cercle, jalouse ses amis qui parviennent à se *placer*. Sans emploi, il n'a rien à dire sur lui-même. Un parfait *loser*. Il s'est finalement dégoté quelque chose dans un organisme culturel quelconque qui le ramène dans sa région natale de la Beauce. S'il ne nous a pas quittés sans heurts, il y est cependant parvenu. Il a fermé la porte, il a descendu l'escalier et il est parti. Nous nous sommes promis de nous voir aussi souvent que possible et de nous appeler un soir sur deux. Puis a germé en moi l'idée de changer d'université.

Au gré des différents déménagements, on veut tantôt nous reléguer au sous-sol, tantôt nous imposer des tapis pour chiens. Nous sommes des parias, en dépit de la somme d'argent gargantuesque qu'on leur verse tous les mois, les propriétaires restent ceux qui nous font une faveur.

Chaque fois que je visite un nouvel endroit, je passe à un cheveu d'omettre ton existence. Mais je l'avoue. Si les propriétaires avaient de l'intérêt pour notre candidature, ils n'en ont plus.

Je regarde les petites annonces en espérant cette fois rencontrer un propriétaire conciliant avec les enfants. Dans Ahuntsic, je dois tous les jours apaiser ton bruit, te dire de marcher moins fort, de parler moins fort, de tomber moins fort.

Dans Ahuntsic, après seulement deux jours, la propriétaire qui vit à l'étage du dessous hurle à travers le plafond, claque les portes, fume à l'intérieur. Elle dit que les petits garçons sont les pires de tous avec leurs pieds carrés.

Des plaques rouges tachent mes bras, je me réveille chaque matin comme en enfer. Je suis constamment sur mes gardes, j'installe des verrous supplémentaires sur la porte d'entrée. Avec toi, je deviens impatiente, je limite tes déplacements, te donne des bains interminables. L'instinct de survie me rend paranoïaque. Nous passons notre vie à l'extérieur, le plus loin possible de l'appartement. Dès que nous avons un moment, je t'enduis le corps de crème solaire, mets ton chapeau et prépare des collations pour la journée. Au parc ou à la piscine, on se lance le ballon, on court, on crie. Le but est toujours le même, te désamorcer, qu'on revienne crevés et qu'on se couche aussitôt sans faire de bruit.

Depuis notre balcon, je vois le boulevard Henri-Bourassa, sur lequel se multiplient les visages de la pauvreté, de la misère sans la poésie, tel que l'écrivait Balzac, se frayer un chemin à travers ce quartier cossu. Les bruits d'une violence profonde se font entendre depuis cette voie passante où s'agglutinent plusieurs grappes de petits délinquants durant la journée. Leur regard appelle la sécheresse du désert. Ils vivent sous un soleil de plomb. Sans eau. Le boulevard est une jungle solitaire.

Je regarde les petites annonces et tombe sur un grand cinq pièces dans le quartier Saint-Jean-Baptiste à Québec. Hauts plafonds blancs, parquets de bois blond; un appartement d'écrivain, une idée romantique. C'est ton père qui va le visiter et qui signe le bail. En rentrant la première fois, je suis scandalisée par la taille minuscule du réfrigérateur. Le fond du bain est en si mauvais état que l'émail reste sous les ongles. Le pommeau de douche ne peut être fixé au mur, et la cuisine est minuscule – *une cuisine à la française*, me dis-je pour me convaincre. Durant les premières semaines, je lave les vêtements à la main, le dos courbé au-dessus du bain, pour économiser les cinq dollars que coûte chaque brassée à la buanderie située au sous-sol. Mais il y a des volets bleus aux fenêtres, des moulures. Et j'ai besoin de savoir ce que je sacrifie pour écrire.

Québec s'avère tout désigné pour changer d'air. Je ne garde aucun souvenir des premières années que j'ai passées ici au début de ma vie. L'option me semble neuve, inédite. Assez loin de Montréal pour me convaincre qu'autre chose est possible, une université acceptable. Mais Québec, c'est la beauté sans la folie. Tout le monde m'avertit avant mon départ. Je fais la sourde oreille. Sans amies ici ou là-bas, cela ne changera rien à l'inexistence de ma vie sociale. C'est là que je me trompe.

J'aime aller dans la Basse-Ville et remonter, faire la boucle jusqu'aux plaines et revenir. Je m'interroge à propos des édifices, lis les plaques commémoratives bleues qui sont posées sur certains d'entre eux, m'assois sur les bancs en fer forgé, ouvre un compte fidélité à la librairie Pantoute. Lorsque j'aperçois des deux et demie à louer, je m'imagine sans mal vivre le quotidien d'une jeune universitaire sans enfant, remplissant son existence de livres, de cafés et de croissants. Je me vois assise sur le balcon de ce deux et demie les samedis sans en revenir d'avoir la chance de pouvoir me consacrer entièrement à un sujet choisi par moi et pour moi. Je me vois errer dans la ville sans autre but que de réfléchir au sens de l'endroit où je suis. Ces divagations me donnent accès à une légèreté autrement absente, et je n'avoue jamais mes déambulations mentales à qui que ce soit. C'est ridicule, et pourtant, dès qu'une mère s'imagine une autre vie, on craint pour la sécurité de l'enfant, on se demande si elle s'en occupe bien. L'enfant est-il en danger ?

Le soir, le soleil se couche sur les montagnes devant la fenêtre du salon, j'ai un accès direct à un panorama exceptionnel. Or, l'éclat de la ville m'éteint. Même si je me retrouve dans un lieu qui possède tous les éléments pour me plaire, des cafés, des librairies, des musées, eh bien, force m'est d'admettre que je n'aime pas aller au musée, et c'est l'impression que la ville me donne : un musée à ciel ouvert. C'est sans compter les titres dont elle se pare et qui ne servent personne sinon ceux qui les nomment : « Québec, ville de littérature, UNESCO », « Maison de la littérature », « Ville inspirante et créative ! » Mais comment parler du « Quartier des arts » sans mettre de guillemets ?

Québec est une ville sourde à toute grandeur réelle, qui se complaît dans l'image qu'elle a du fleuve. Un miroir à ciel ouvert dans lequel les habitants se regardent aller et venir, comme portés par l'appel du Très-Haut. Voir une personne ici, c'est les voir toutes. La capitale nationale s'endort chaque soir en marge de l'inquiétude, bercée par le ventre tranquille de ceux qui l'occupent, une petite bourgeoisie faite de comptables, d'avocats et de médecins. En ce lieu, impossible de fuir. Impossible de se fondre dans une foule. Québec est un enfant dont la croissance est subventionnée jusqu'à la moelle et à qui je ne ferai jamais confiance. La culture dont tout le monde parle, je la vois, mais je ne la comprends pas. Elle parle à d'autres que moi.

Devant le miroir, je me scrute. Devant le miroir, je chuchote ta mort à mon oreille. Chaque matin fait une culbute arrière, j'avance ma main. Tu es forcément quelque part entre le miroir et moi.

Je laisse tomber des objets qui résonnent sur le plancher. Je marche à reculons. J'évite de toucher les murs. Je m'assois, je me lève, je m'étends. J'adopte la posture du repli, un creux entre les vagues.

J'évite de m'asseoir, de me lever, de m'étendre. Je longe les murs, je marche sur la pointe des doigts.

Devant le miroir, je me fais craquer le cou. Tu es mort. J'écris ce mot, puis l'efface. Tu es.

La musique fait de mon corps une impasse. *Dans ma main*, tu te caches au détour des notes. Je ne suis pas pressée.

J'allume mon ordinateur, je fais défiler des centaines de photos. Sans que je m'en rende compte, mon visage s'approche à deux pouces de l'écran.

Je pousse la table de la salle à manger au fond de la pièce. Le plancher devient une scène. Je sors mes pointes, usées d'avoir dansé trop de ballet, et donne un spectacle pour les absents.

Je nage dans la musique. Entre les notes, je prends une respiration. Avant de plonger, je ferme les yeux.

Mes cheveux tombent. J'en trouve partout. *Post-partum, post-mortem.*

La poussière s'accumule. J'espère voir une trace de pied, une petite main apparaître.

Bien qu'ils parlent de la nature, certains concepts semblent expressément parler de moi. « Altération de la roche-mère. »

Catastrophe de Tchernobyl : « La catastrophe nucléaire de Tchernobyl est un accident nucléaire majeur *qui a commencé* le 26 avril 1986 dans la centrale Lénine, située à l'époque en République socialiste soviétique d'Ukraine en URSS. [...] L'accident a été provoqué par l'augmentation incontrôlée de la puissance du réacteur n° 4 conduisant à la *fusion du cœur.* » (Wikipédia. C'est moi qui souligne.)

L'enfant et la catastrophe nucléaire tirent leur origine de la même source. Une explosion interne fusionne le cœur, et les effets ne cessent jamais de s'estomper pour ceux qui vivent à cet endroit.

J'ouvre les rideaux et les volets, je place une lumière au centre de ma chambre.

Je me demande combien d'heures donne une horloge avant que la pile s'épuise.

roses

Pour voir le visage que tu aurais eu plus tard, je n'ai qu'à me regarder.

Vieillir me paraît déplacé.

J'essaie de reprendre ta vie où tu m'as laissée.

Les restes de notre dernier repas partagé moisissent dans le frigo.

Mon obsession pour *La Création d'Adam* s'amplifie.

Je t'aimais tellement, cet amour que je n'ai jamais reçu, je craignais qu'il fasse de toi un idiot. Qu'à cause de moi tu n'aies jamais rien à dire, que tu t'accordes parfaitement avec le sens du monde, que tu sois heureux tout bonnement. Stupide. Je t'aimais tellement, oui, et je te le disais tous les jours, plusieurs fois par jour. Je n'avais pas envie de te briser, à mes yeux, tu n'étais pas un empêcheur de tourner en rond, tu étais parfait. Je t'aimais parce que tu n'avais pas été prévu dans ma vie, parce que tu t'étais imposé.

Cette crainte la plus grande par rapport à l'amour donné, seuls ceux qui ont été maudits la comprennent.

Les mères calculent l'amour qu'elles portent à leurs enfants en s'imaginant mourir pour eux – mourir cent fois de préférence, comme dans « Je donnerais ma vie cent fois pour mes enfants ». Or, je n'ai jamais joui de la vie, mourir ne me ferait rien, même pas cent fois. Je soutiens plutôt la conviction inverse. Pour te sauver, j'aurais vécu cent fois la vie que j'ai menée. Oh oui, j'aurais vécu cent autres fois pour toi si cela avait pu te sauver.

L'odeur de la morphine. Le bip des machines. La couleur des draps. Je prépare ton départ, je ne lâche pas ta main. Je souhaite une agonie sans fin. À quel moment exactement ta conjoncture d'enfant malade est apparue, au cours de quel matin les cellules ont commencé à se multiplier de façon anarchique ? Ton corps n'est plus délimité par des frontières qui appartiennent au monde des vivants. À ton chevet, il me semble pourtant que c'est toi. C'est ton visage, tes boucles châtaines, mais tu ressembles à un animal empaillé. Un sarcophage à ciel ouvert.

Le soleil entre par la fenêtre. Je m'étire et je regarde ton père dormir. Le repos du guerrier. Je ne m'attendais franchement pas à ce que les choses se déroulent si bien. Depuis quelques semaines, nous faisons partie des gens quétaines qui disent : « C'est comme s'il avait toujours été là. » Ton père se lève la nuit lorsque tu as faim, t'emmène faire des tours de poussette. Il sait comment tenir ta tête. Nous nous amusons à déposer de petits objets sur ton front. Une pastille de chocolat. Une pièce de vingt-cinq sous. Une carte de crédit. Tu dors dans ta chaise à bascule avec, dans les bras, une baguette de pain. À la fin de la soirée, je te prends, vacillante d'alcool, de fatigue et de rire. Sans y penser, je te couche sur le ventre.

Tous les quartiers de Québec se sont donné le mot pour entamer la réfection de leur plan d'urbanisme en même temps. Partout, des détours interminables. L'été tire à sa fin. Il est difficile de savoir si nous pouvons traverser ou non la rue en raison des différentes pancartes et du feu rouge qui clignote. Nous soupirons à l'unisson, tu me regardes et dis : « J'ai tanné de ça. » Je passe ma main dans tes cheveux. Tu profites de ce moment pour te libérer de mon étreinte et tu traverses. La seconde se dédouble en centaines de fragments, ma main est en retard pour tirer ton chandail vers l'arrière. Plus j'essaie de l'avancer, plus elle recule. Son coupé. Scène au ralenti. Portière de voiture qui claque. Visage tourné vers le ciel. Je suis un réflexe grandeur nature. Dans mes bras, ton corps pèse une tonne. Chaque minute voit ton poids augmenter. Tu te transformes en caillou, en roche, en falaise, en montagne. Dans mes bras, ton corps devient un paysage à regarder de loin.

Ton père et toi jouez à ce jeu.

« J'ai pris ton nommm, papaaa ! » dis-tu en faisant mine d'attraper quelque chose au bond dans l'air.

« Non. C'est moi qui ai pris ton nom. Et regarde, je le lance par la fenêtre », te répond-il en feignant de le lancer derrière lui.

Tu cours à la fenêtre et colles ton corps dans la moustiquaire pour voir *où* ton nom est tombé. Elle ne résiste pas à ton poids et t'emporte dans sa chute.

Nous fuyons le bruit des klaxons, des sirènes de police et des *pépines* en allant chez tes grands-parents paternels, à la campagne. Tu conduis une petite jeep rouge, tu remplis ton camion à benne de gravier. Ton visage ressemble à celui d'un cheminot. En août, on cueille des framboises derrière la maison. Tu les manges au fur et à mesure au lieu de les mettre dans le seau à mes pieds et tu taches ton chandail. Nous faisons du pédalo tous les jours sur le lac qui appartient à la famille depuis cinq générations, et aujourd'hui n'y fait pas exception. Tu tiens ta doudou préférée et te laisses bercer par notre procession sur l'eau claire. Trempes le bout de tes doigts. Veux pédaler comme nous. Je me réveille le lendemain avec ton absence. Dans la maison, tout est trop silencieux. La porte qui mène au lac est entrouverte. À la surface, un petit corps blanc. Sur le siège du pédalo, ta doudou préférée que nous avons oublié de rentrer.

Je fouille dans les souvenirs précédant ta naissance, mais je n'ai pas les bons outils pour accéder au temps d'avant le temps. Je tente de rappeler à ma conscience les occupations auxquelles j'attribuais une certaine importance. Rien. Il n'y a rien. Je ne sais plus ce que je faisais de mes mains à cette époque, comme si j'étais aussi disparue une fois la fatalité achevée. Pourtant je devais bien faire quelque chose. Aucune image n'est rattachée à un sentiment clair. Elles empruntent à la logique de l'inventaire. Quelqu'un d'autre aurait pu vivre ces moments, cela ne changerait rien, ou si peu de chose. Ils semblent appartenir au rêve. Ai-je vraiment vécu cela ? Mon livre favori est *Martine fait de la voile.* Durant toute mon enfance, je me demande si j'ai moi aussi fait de la voile ou si je fabule.

Je recule jusqu'à l'accouchement, censé être le plus beau jour de la vie d'une femme. Le plus beau, je ne sais pas. Un moment charnière, par contre, un moment immense, ça, oui. Je me souviens de ta tête merveilleusement gluante, je me souviens de la fenêtre de la chambre.

Après quatre heures de travail, tu es arrivé. Je n'ai

rien imaginé à propos de la façon dont cela se déroulerait. On aurait pu m'opérer, me forcer à prendre la péridurale, me faire une césarienne, je n'aurais rien répliqué. À cet instant, je ne m'appartenais plus – je ne désirais plus m'appartenir. Sous mes yeux, je me transformais en porte de sortie. Tu te présentais la tête tournée vers le haut, alors que tu aurais dû regarder le plancher afin de voir d'où tu venais. Les infirmières appelaient cette position celle des bébés « prétentieux ». Le corps médical utilisait ventouse et forceps, entaillait une partie de ma cuisse gauche pour te faire passer. Vingt et une heures onze. Bienvenue dans le monde, ma croquette. Tu ne criais pas. Tes doigts se refermaient tous à l'exception du majeur, comme si tu nous envoyais promener. On t'a déposé sur moi quelques secondes avant de t'emmener sur une civière. La chambre grouillait d'employés de toute sorte. On m'a recousue avant que j'aie le temps de penser à quoi que ce soit. On ne m'a informée de rien à ton propos, mais l'infirmière m'a dit que j'avais vraiment de la chance d'avoir « dégonflé » aussitôt. Beaucoup de femmes paieraient cher pour ça. Elle m'a tendu un paquet de serviettes hygiéniques. Je n'en remplirais même pas une en vingt-quatre heures. Mon sang, je l'ai toujours gardé pour moi. J'ai sorti mon cellulaire et appelé ma mère. « C'est fait. » Je ne savais pas où tu étais, mais je savais que tout irait bien. J'avais vu tes yeux.

À l'hôpital, je n'ai pas pleuré. C'est en te déposant dans ton lit à l'appartement la première fois que je comprends ce que tu as voulu me dire ces neuf derniers mois. Nous devons te protéger du monde, et nous devons protéger le monde de ta présence.

À la différence de ta mère, tu n'as pas les cheveux roux, et cela me rassure. Avant même de naître, tu es déjà tellement plus que mon simple prolongement, tu es *ailleurs*. Avec tes cheveux et tes yeux de couleurs différentes, tu es très clair : tu ne seras pas comme moi.

En devenant mère, je comprends pour la première fois que ma mère est autre chose aussi.

Tu n'es pas contre le monde ni pour lui, tu es en lui. Posé là. Dépossédé de tout ce qui fera de toi un homme. Sans formation. Sans munitions. Un animal dépourvu, instinctif. Tu sais pleurer, tu sais boire. Tu sais te cramponner.

J'entame la rédaction de mon mémoire trois semaines après ta naissance, et ce sera mon seul regret, le fait de ne pas avoir su attendre. Ton père s'occupe de toi le matin, et moi, l'après-midi. J'aimerais t'extraire de la temporalité et non t'y plonger sous prétexte que nous sommes capables de tirer notre épingle du jeu, mais je ne fais pas partie de celles pour qui les conditions se réunissent. Or, les mots passent à travers moi comme à travers une passoire, je ne retiens rien. Je photographie mes bibliothèques pour me donner une contenance, je transporte mes recueils de notes d'un bout à l'autre du salon pour connaître le poids de ce que j'apprends. Un léger glissement s'opère, à mon insu un flottement s'installe entre celle que je suis et la mère que je deviens. Je me dédouble, me décale, ne sais plus par quel pronom me prendre. « Maman vient de ranger les jouets. J'aimerais que tu ne les ressortes pas tous, s'il te plaît. »

Au dernier étage de la Bibliothèque des lettres et sciences humaines, je cours, *bovine et florale,* extraire mon lait aux toilettes. Des sacs entiers sont remplis de cette substance blanche et précieuse, je les tiens au frais au fond de mon sac à dos. Le bruit de la machine, le visage des autres étudiantes. Ma gêne mêlée de fierté. Je me convaincs que ton arrivée ne bouscule pas notre équilibre précaire et je fais comme si de rien n'était afin que tout continue exactement comme avant.

Sitôt revenue, je te prends dans mes bras, peau contre peau, c'est l'heure des câlins, de la tension rompue. Je joue avec toi d'une main et j'écris de l'autre, une petite écriture qui jongle avec elle-même pour se rappeler son existence. Tu grandis rapidement et suscites sans cesse les commentaires étonnés de ceux qui croisent ta route. Je ne connaîtrai jamais la vie avec un petit bébé, tu es interminable.

Il m'arrive de croire que tu vois des choses fabuleuses et invisibles pour moi, les frontières qu'enjambent des êtres surnaturels, peut-être les spectres de moi enfant et de ton père enfant, et que tu porteras en toi toute ta vie.

Il t'arrive de regarder le vide et de rire. J'essaie d'en tirer des leçons.

Je te sens sortir de mon corps. L'image, celle d'une jambe qui jaillit de mon ventre, est on ne peut plus claire. Au fil des jours qui s'accumulent, elle prend de l'épaisseur, ses contours s'affinent. Elle bat l'air avec plus de vigueur. Je dirais même qu'elle trouve son équilibre. Tous les matins, ta jambe s'affranchit davantage de l'avenir.

Si elle déroulait le ruban de photos prises lors d'une de ses échographies il y a plusieurs années, elle serait stupéfaite de constater que l'une d'entre elles montre un gros plan de la jambe et du pied de son enfant à naître comme s'il jouait au soccer.

Du jour au lendemain, plus personne à protéger en permanence, comme malgré moi. Alors que ma vie n'était plus rien d'autre qu'un instinct de survie latent, prêt à se déclencher à tout moment, voilà que je dois ravir à un fantôme la place de la personne la plus importante de ma vie.

Le passé conserve-t-il sa force lorsque l'avenir se referme, se contracte ? Je dresse des listes de priorités, j'ouvre des documents, devant la feuille blanche je me dis : Ça y est, mais toujours la même question revient : De quel droit écris-je sur toi ?

J'essaie de lire et d'écrire. Je change les meubles de place, installe mon fauteuil de lecture à l'endroit où se trouvait ma table d'écriture, et vice versa. Je retourne le décor, pile ou face, deux options.

Je vois les mots sur les pages, mais leur sens reste comme en surplomb. Si mes yeux sont assez grands pour saisir trois phrases simultanément, je les vois sans les regarder, les ponts se rompent dès que je m'y attarde. *Papillon, coquelicots, cuisine.* Seul le mot *aiguille* me touche avec clairvoyance. De toute façon, je suis rendue à l'âge où les livres ne peuvent plus me sauver.

J'attends que quelqu'un vienne me chercher.

Je cherche une fenêtre ouverte.

Je compte les morts, te cherche dans l'interstice des chiffres qui défilent suivant un ordre qu'il ne convient pas de remettre en question. Selon les statistiques, il y aurait cent cinquante-huit mille huit cent cinquante-sept décès par jour dans le monde, et je me demande quel rang tu as occupé cette journée-là. As-tu été le trente-six mille huit cent soixante-septième ? Le quatre-vingt-trois mille six cent quarante-cinquième ? À partir de quel fuseau horaire on calcule ce genre de statistiques ?

Parfois, tu regardes des films. *Le Bossu de Notre-Dame, Le Roi lion, Robin des bois, Dumbo.* C'est ton privilège la fin de semaine. Avant même que le DVD soit fini, tu veux déjà changer, angoissé par l'interruption imminente du bonheur euphorique qui t'habite lorsque j'allume la télé. Un bonheur intégral. Alors qu'il reste plusieurs scènes à voir, tu sautes en bas du sofa et cherches frénétiquement dans la bibliothèque un nouveau boîtier à me tendre. Tu devances la déception sur son propre terrain et essaies d'avoir un coup d'avance sur le destin.

« Un aute fim, si te plaît. »

Je rêve peu. Le sommeil fait de moi une pierre posée dans un lit. Le matin, je me réveille d'un lieu qui m'échappe à la seconde où j'ouvre les yeux, des abcès dans les joues.

Je ne sais pas quoi faire avec toute ma connaissance accumulée à ton propos au fil des ans. Ce n'est pas comme si je pouvais l'offrir à un organisme de bienfaisance ou devenir docteure ès enfant mort. Cette connaissance accumulée depuis l'instant de ta naissance et après ne sert à rien, mais occupe encore toute la place. Je pourrais réciter sur-le-champ ta petite encyclopédie personnelle. Je pourrais écrire un livre que je garderais pour moi et que je déposerais dans un coffre-fort à la banque.

Mes souvenirs affluent en pièces détachées. Je suis incapable de choisir consciemment ceux que je désire revoir. Je ne suis même pas certaine que nous ayons vécu des moments marquants, mémorables, vers lesquels il me serait aisé de migrer pour sombrer. Pas de voyages, pas de chalet. Notre existence trouve son sens dans un quotidien qui loge aux frontières de l'ennui et de la contemplation, dans les mêmes jeux répétés, les mêmes chansons chantées *ad nauseam*. Tu imites le rire de ceux que tu croises dans la rue, te fais l'écho d'une musique composée par d'autres, tentes de reproduire la partition en calquant tes intonations sur des notes étrangères, mais cela ne te convainc qu'à moitié. Tu plisses les sourcils, non, ce n'est pas tout à fait ça, le bonheur.

Je n'attends pas ta venue avec impatience, je ne suis pas *excitée* par toi. Tu es de l'ordre d'un fait qu'on ne remet pas en question.

Je guette les signes de détresse lorsque tu attrapes un virus.

Enveloppé de fièvre comme dans des langes, tu transpires une grâce divine.

Je ne m'imagine pas passer plus de dix jours loin de toi.

À vélo, tu oublies de regarder devant.

Tu tombes.

Je pose souvent ma main sur ton front.

J'achète pour toi des craquelins au fromage, du sorbet aux framboises, du lait d'amandes.

J'écris clandestinement, forcément j'oublie toutes mes idées en cours de route, chaque fois que je t'endors et qu'une réflexion me frappe l'esprit, je me dis : Je dois la noter avant de la perdre. Mais il est toujours trop tard, entre le moment où je me lève de ton lit et celui où je sors mon calepin, elle disparaît.

Je me raconte beaucoup de choses pour tenir le coup. Notre vie est une tragicomédie.

Parfois, tu caresses mon dos. Parfois, tu me dis : « Je vais te potéger. »

Tu vides tes bottes de sable sur le plancher de la cuisine.

Tu aimes les escargots. J'achète un terrarium pour que tu puisses les observer. Ton père ne comprend pas notre engouement. Il hausse les épaules.

Notre phrase préférée : « C'est pas grave. »

Tu as raison sur tout.

Je ne me rappelle pas le son de ta voix, je me rappelle son intonation, un fabuleux scandale.

Chaque jour, tu recules un peu plus dans ma mémoire.

C'est à peine perceptible et, pourtant, c'est à l'œuvre.

Je tends les bras.

Tout m'échappe.

Chaque jour emporte un détail, abaisse l'horizon.

Je t'écris une lettre dans laquelle je ne dis absolument rien. Je la parfume de mon odeur que tu connais et la glisse dans une enveloppe sans destinataire. J'appose le nombre de timbres qui correspond à ton âge. La mets dans la boîte aux lettres.

Je vide tous tes jouets dans la baignoire. Un continent de plastique. Je suis prête à traverser, j'embarque sur mon radeau de fortune. Les souvenirs remontent à la surface comme des ombres sans sentiments. J'entends le son des trompettes, cherche les vainqueurs et les vaincus.

Je colle un coquillage sur mon oreille pour m'entendre penser.

À l'extérieur, j'essaie de collectionner différents types de vents avec un pot Mason.

Le présentoir des nouveautés à la librairie change d'une semaine à l'autre. Je me surprends à songer qu'il faudrait que rien ne soit publié durant un an, qu'on se taise tous durant un an, une année sans roman, sans recueil de poésie, ne pas acheter de nouveautés durant une année entière ne pourrait faire que du bien.

Je déchire des feuilles de papier, je perce des trous dans les murs, j'enlève toutes les portes de l'appartement. Je brise un miroir, j'éventre une partie du matelas. Je cherche le jour où l'air s'est transformé.

J'aligne les coquilles d'escargots vides sur ma table d'écriture, petites cornes d'abondance lumineuses.

Ne pas dormir m'épuise. Dormir m'épuise davantage. L'énergie me manque pour te voir dans mes rêves, je me réveille chaque fois bouleversée, j'entends ton cœur battre dans mes tympans perforés. J'attends quelque chose qui ne vient pas, que tu viennes me chercher. Je m'endors, je me réveille. Ainsi va la vie, ma tête dans la paume de ma main gauche.

La glace me renvoie l'écho de mes chaussures. Je cours sans crampons jusqu'aux plaines pour décoller les cauchemars qui se fixent à ma rétine durant la nuit. Une lame transperce le bas de mon ventre. L'arrière de ma tête est tout à coup si lourd. Mon esprit n'est plus connecté à mon corps. Mon cerveau seul me porte, et je crains de m'écrouler sur la neige. Le soleil se baigne dans le ciel. Je ne vois plus rien. Meursault sur sa plage. Un crime à portée de main.

J'adore l'image que je projette : une jeune universitaire, poète et autrice, qui élève seule un enfant. Comme le chante Lana Del Rey, *if I said I didn't plan for it to turn out this way I'd be lying.* Je ne désire qu'une chose : écrire, lire, baiser et laisser ma tête se reposer sur l'épaule d'un homme. Je me grise de cette projection, mon idéal finalement atteint. Mais je dois me convaincre, car elle n'est pas tout à fait encastrée dans mon cerveau. Un jour sur deux, j'oublie l'image à laquelle je tiens, je repense à ton père. J'ai envie de lui écrire pour me faire rejeter encore et encore. Le rejet, la seule forme de validation que je connaisse.

Malgré l'épaisseur du temps qui colle aux fenêtres, je ne l'oublie pas. Je m'accroche à ce qu'il reste de lui. Nous passerons par-dessus toi de la même façon que nous sommes passés par-dessus tant de joies et de peines : en laissant le temps faire de nous une œuvre complète. Il est encore le seul qui me donne à penser que, du grand cirque de l'existence, nous pourrons un jour prendre congé, avoir notre maison à la campagne et un jardin avec quelques animaux. J'ai hâte d'être vieille et laide, de ne plus avoir d'autres possibilités que le décor qui se trouvera devant moi à ce moment-là.

Mais que sais-je de la paix ? En moi, les vagues n'existent pas par opposition au calme, seulement je les connais. Le ravissement et la quiétude me sont si étrangers. Pourtant, j'y crois tout à fait. Le monde est peuplé de gens heureux et sereins, et ce n'est pas moi qui les ridiculiserai. Je peux lire les définitions des mots *bonheur* et *quiétude* dans différents dictionnaires afin de parfaire mon idée, mais cela reste opaque et léger, cela reste étrange.

En vérité, ton père et moi ne sommes plus ensemble. Avant ta mort, nous nous sommes séparés.

Quand il arrive à l'hôpital, il porte des vêtements que je n'ai jamais vus auparavant. C'est ma première réflexion en l'apercevant : Je ne connais pas ces vêtements.

Avec ton père, j'ai longtemps cru que je vivais ce pour quoi j'étais née. Après tout, je ne connaissais rien d'autre que la privation, et l'attente m'avait façonnée ma vie durant. J'avais toujours été quelqu'un qui attend que quelque chose se passe, qu'un feu s'allume ou qu'un pont s'écroule, les journées me paraissaient bien longues. Incontestablement, il m'a donné quelque chose à faire, soit il accaparait mes pensées, soit il me les volait.

Au fur et à mesure que la souffrance s'accentuait dans la durée, mon seuil de tolérance augmentait et je m'enorgueillissais quasiment de n'être plus celle qui ressentait la crainte la plus vive. Je crois que nous avions l'impression de jouer, tout cela n'était pas sérieux, c'était un passe-temps. Toutefois, le jeu nous a dépassés et nous ne savons plus comment en sortir. Nous ne connaissons ni les règles ni le prix à payer, sinon qu'il est trop élevé et qu'il ne garantit aucune liberté. Je ne trouvais pas normal d'être châtiée, c'était ma vie qui était en jeu.

Quand je l'ai rencontré, j'ai surpris la réplique exacte de mon père, cachée depuis tout ce temps sous les traits de quelqu'un d'autre, sans toutefois parvenir à discerner le coupable de l'innocent. Nous étions toujours à un mot de la catastrophe, et la meilleure volonté n'y changeait rien ; ton père mettait dans ses excuses plus d'assurance, plus de vigueur, après tout, jamais deux personnes ne s'étaient aussi bien entendues que nous deux, et la seule chose que nous désirions était d'être heureux ensemble. Mais en raison de ce qui pulsait dans les soubassements de l'intimité la plus noire, c'était un échec répété qu'on ne se donnait même plus la peine de réinventer. Et je me demande encore ce qu'on entend par « tout » dans l'expression « s'aimer malgré *tout* ». Et je me demande encore si nous ne sommes pas devenus indifférents aux catastrophes, si nous ne sommes pas désensibilisés, ces catastrophes qui ne bouleversent plus le cours des choses. Au contraire, ensemble, nous précipitons notre propre destruction, nous faisons de la vie un accord impossible. Lorsque nous ressentons quelque chose de léger, c'est par inadvertance. Notre écorce est devenue dure comme de la pierre, ce qui comptait tellement à nos yeux jadis, nous nous en moquons aujourd'hui.

Je ne fais pas son procès, j'essaie de refaire la route.

Des gens que je ne connais pas sont payés pour te toucher, pour t'emporter. Rien ne peut être dit à ce propos, la dernière scène de ma vie avec toi. La première de ma vie sans toi. Ils te sortent de la chambre et je ne fais rien pour les en empêcher. Le lit passe facilement dans la porte. Tu n'es plus relié aux machines. Les fils pendent le long du mur. Quelqu'un viendra les désinfecter. Quelqu'un remettra le compteur à zéro pour le prochain patient.

Je ne sors pas de la chambre. Le soleil qui entre dans la pièce fait apparaître la poussière qui flotte dans l'air. Je joue avec elle en chuchotant une berceuse que je ne t'ai jamais chantée. Je caresse les murs. Mon instinct de survie s'est évanoui. Toute volonté s'est dissipée. Mon corps fonctionne en autarcie, sans moi. Surface. Je ne suis plus qu'une surface. Un paquebot brisé qui avance sur l'eau, poussé par le vent et non grâce au talent de quelque marin. Le bruit de l'extérieur fraie son chemin en moi comme un écho dont je ne connais pas la source. Ma mémoire commence déjà à perdre des fragments de toi. La façon dont tes sourcils se froncent, tes lèvres qui se pincent, ta façon de t'habiller, ta main autour de mon cou, ta tête qui tombe vers l'arrière. Je sais déjà que je ne retiendrai pas le plus important.

En plus de mon fardeau, je dois maintenant porter celui des autres. Celui de ton père, de tes grands-parents qui hurlent, qui prétendent à un désespoir plus profond que le mien. Je dois répondre aux questions où, quand, comment, pourquoi.

Plusieurs éléments doivent converger pour que meure un enfant. Un état d'esprit à un moment précis, une seconde de trop. Qu'est-ce qui a enclenché la fin sur le parcours de ta vie ? Dehors, les autres enfants continuent de rire et de courir, les autres enfants continuent de tomber.

Le matin fatidique, tu viens me porter des peluches pour que je ne sois pas seule dans le grand lit.

Il se fait tard. J'allume deux chandelles dans la grande chambre. Fais jouer une de nos chansons préférées de Clint Mansell. *Final Movement.* Demain, il pleuvra, mais, pour l'instant, tout est encore possible. Je te prends dans mes bras et nous valsons dans la pièce. Je me cramponne à tes cheveux comme à la vie. Tu fermes les yeux en riant, et je ne veux jamais oublier ce moment. Nos ombres se reflètent sur les persiennes fermées. Je te dis que je ferai ce qu'il faut pour que tu sois heureux même si je ne sais pas comment. *I'm not at home. I have no instruments. No instruments. And when I'm home I'm not at home.* Je te serre tellement fort que j'ai peur de te briser les os. Si tu savais comme je m'en veux de t'avoir imposé cette vie de merde. Ce monde où les issues se dérobent à mesure qu'on les emprunte. Un dédale infini de luttes qui tournent sur elles-mêmes. Nous portons tous notre fin en nous. Et je me demande à quoi bon. Je te voudrais immortel ou jamais né. Alors je te prends et je danse avec toi à côté des flammes, prisonnières elles aussi de leur mèche.

Ta grand-mère m'apporte des repas qu'elle achète chez le traiteur, le congélateur déborde. Elle ne se remettra pas de toi, tu devrais la voir. En mourant, tu as fait réapparaître le fantôme de son père suicidé. Elle ne fait pas de distinction entre vous deux, mélange les souvenirs, les anecdotes.

Ta grand-mère fait le ménage, astique les planchers et les comptoirs, mais ne déplace rien. Elle m'apporte un tapis de yoga. J'allonge les jambes devant moi, penche la tête. Je te sens comme un petit poisson entre chacune de mes vertèbres, coincé entre l'os et le muscle.

On me dit que je dois me débarrasser de tes choses. Tes choses pourront profiter aux plus démunis, elles auront une deuxième vie (!). Oui, tes choses auront la deuxième vie que tu n'as pas eu la chance d'avoir.

Chercher les signes est inutile. Je laisse mes mains fermées pour éloigner la tentation d'en lire les lignes. En deuxième année du primaire, une camarade de classe m'avait dit que ma ligne de vie était courte, un danger me guettait à l'horizon. Elle s'est fourvoyée. Ma vie à moi continue. Chercher les signes est inutile, mais il y a ce candélabre à trois branches dont la chandelle du milieu fond beaucoup plus vite que les autres.

Je me rends sur ta tombe plus grande que toi. Les peluches posées devant la pierre se salissent au gré des intempéries. Je me couche, je m'endors comme si nous étions dans un lit superposé. Le gardien me réveille. Le cimetière ferme. Les visites que je te rends sont encadrées par un horaire, oui. Il y a une heure pour aller voir ceux pour qui le temps s'est arrêté.

Ton père et moi portons la même perte, et pourtant rien ne nous rassemble sur l'autel du deuil. Il se dit : Si j'avais su, je me dis : Je ne saurai jamais. Nous ne sommes plus capables de nous saisir. Nous restons là. Échoués. Muets. Deux statues en carton-pâte qui attendent un signe pour recommencer à vivre. Avant même que j'ouvre la bouche, il me répond. « Pas aujourd'hui. »

Elle prend le petit cadre doré qui ne quitte pas sa chambre depuis sa naissance. Elle n'a jamais connu son grand-père maternel. Sur la photo, qui est floue, ses cheveux reflétaient déjà la lueur de la lune. Il s'est pendu trois jours après le mariage de sa fille.

Elle repose la photo sur sa commode et enfile sa robe de nuit avant de plonger sous les couvertures.

Elle n'a pas non plus connu son petit frère. De lui aussi, elle n'a qu'une photo. La photo d'un bébé sans peau et à qui il manque une partie du cerveau. Son cœur excessivement enthousiaste à l'idée de battre le monde l'a tué. Naître trois mois d'avance, à quoi il pensait ? Sa belle-mère est revenue de l'hôpital les bras vides, le ventre encore rond. Aucun médecin n'a pu les sauver de leur catastrophe. Mon père me tend une carte et m'ordonne de la lire. Je porte une robe adéquate pour l'occasion, une robe austère avec un collet en dentelle, et je prends place dans le fauteuil à oreilles qui occupe un coin du salon devant le piano à queue. Je lis la carte en souriant, sans rien saisir du sens des mots, je veux voir mon frère. Mon père pleure, et je le trouve stupide.

Ma mère a probablement hurlé en apprenant la mort de son père. Je suis née l'année suivante. Puisqu'elle était au chômage et avait besoin de quelque chose à faire, j'ai été ce quelque chose. Le prolongement de son cri. Un grand-père suicidé en guise de fée marraine.

La mort de mon frère est le prétexte tout désigné pour prendre une photo de *famille*, la seule que nous ayons jamais prise. Étendu dans une boîte à peine plus longue qu'une table de chevet, mon frère mort. Personne ne sourit. Sauf moi. Sans doute suis-je heureuse de m'imaginer à l'intérieur de cette boîte, de toucher à la mort de si près. Mon frère mort, j'ai enfin quelqu'un à aller rejoindre.

Mon père creuse la fosse.

Quelques mois plus tard, nous apprenons que les responsables de la morgue se sont, comment dire, *trompés*. Mon frère mort, celui que je vais voir chaque semaine au cimetière, a été incinéré *par erreur*, nous avons enterré un enfant qui n'est pas le nôtre *par erreur*, depuis le début, je m'adresse à un frère qui n'est pas le mien. Même si je le déteste, je n'arrive plus à en vouloir à mon père. Je veux prendre sa peine, je me prends pour

Antigone. Lorsqu'il me traite de folle, je me demande si ce n'est pas un fou qui me prend pour lui. Il poursuit son entreprise de destruction. Je vais me faire garder chez mes grands-parents, ceux-là mêmes qui lui ont répété toute sa vie qu'il avait été un enfant de remplacement, qu'il avait remplacé son frère mort, Simon, si Simon avait vécu, lui n'aurait pas été. Mon enfance est imprégnée de l'odeur des rouges à lèvres de ma grand-mère que j'essaie sans arrêt. Je dirais même qu'elle s'y condense. Rouge, rose, mauve. Ils sentent si bon. C'est l'odeur que je préfère. Lorsque je vais aux toilettes la nuit, je regarde son dentier.

La ville déplie sous mes yeux son labyrinthe. Je suis dans un jeu vidéo qui retire toute épaisseur au réel. Chaque personne, chaque arbre, chaque voiture est un obstacle à contourner. Nous ne sommes pas faits de la même essence. J'observe mes mains fendre l'air. Tous ces murs élevés autour de moi. Ces portes verrouillées. Les gens se protègent de quelque chose. Ça se sent. À la vue des rideaux tirés, des lumières tamisées. La menace du dehors plane. Et je ne mérite plus d'avoir une clé. La neige s'accroche en couches successives aux fenêtres. Je vois la terre tourner sur elle-même au rythme de mes souvenirs. Ils ne cessent de m'étourdir. Les cloches de l'église retentissent et donnent au ciel l'occasion d'aller au bout de lui-même. Ma respiration s'accélère. Je marche rapidement, non, je cours. Sans perdre l'habitude de regarder derrière mon épaule.

Selon le dictionnaire, l'escargot est un « Mollusque gastropode pulmoné terrestre, végétarien, caractérisé par sa tête munie de deux paires de tentacules, dont les plus longs portent les yeux, par sa longue sole ventrale (pied), par sa coquille spirale globuleuse dont le sommet surplombe le flanc droit, enfin par son orifice pulmonaire dorsal.

« Le nom d'"escargot" désigne plusieurs milliers d'espèces très voisines, rassemblées dans le genre *helix*. Ces animaux peuvent se retirer entièrement dans leur coquille et l'obturer d'une membrane de mucus (épiphragme) pour hiverner. C'est aussi le mucus (bave) qui assure leur adhérence au support lorsqu'ils rampent et qui laisse derrière eux une trace luisante. La bouche contient une langue râpeuse (radula) qui rend l'escargot très destructeur et nuisible aux cultures maraîchères. La reproduction résulte d'un accouplement entre hermaphrodites ; l'orifice de ponte des œufs est proche de la tête. L'élevage des escargots (héliciculture) date de l'époque romaine. »

Ils vivent généralement jusqu'à cinq ans.

Les flammes lèchent les parois du poêle à bois. La suie engendrée par les feux des hivers précédents s'accumule. Le réconfort est un fruit noir. Il approche ses mains, emmitouflé dans une catalogne. La maison est silencieuse, seule la chaise berçante fait entendre un léger mouvement. L'ombre des objets se reflète sur les murs en lattes de bois et lui donne l'impression d'assister à un spectacle étrange où rien ne respire, mais où tout se dédouble – comme quoi même les objets savent ne pas perdre leur enfant. Sur la table de la cuisine, une bouteille de gin bien entamée repose.

Il ne sait pas depuis combien de temps il est là, ni combien de temps il y restera. La seule chose qu'il sait, c'est que ses parents sont partis à Drummondville pour célébrer le Nouvel An et qu'ils rentreront probablement bientôt. Il se surprend à leur souhaiter une tempête de neige, un accident de voiture, qu'ils ne reviennent jamais. Différentes éditions du *Bulletin forestier* s'empilent par terre. Par la fenêtre, du blanc à perte de vue.

Cette maison de campagne, ils étaient censés en hériter. Lorsque ses parents libéreraient l'endroit, elle leur reviendrait. Ils en seraient les nouveaux propriétaires, la transmission mise en place depuis 1890 dans cette bourgade de la Beauce se poursuivrait. De maison, ils n'avaient jamais ressenti la nécessité d'en posséder une, mais en discuter mille fois avait instillé un désir pour l'avenir, ajoutait à l'horizon quelques épaisseurs. Le jeune homme voulait racheter une cuisinière Bélanger, arracher le prélart au deuxième étage et remettre des fenêtres en bois. Elle voulait remplacer le revêtement extérieur par du bois blanc, avoir un potager. Avec ses sept pièces, la maison ne s'étend pas en longueur, mais le point de vue qu'elle offre sur l'extérieur semble retourner le paysage et permet de contempler en silence un lieu où se déroulent les guerres les plus secrètes.

Devant, un lac en forme de raquette. Derrière, une forêt de trente arpents au milieu de laquelle les ancêtres du jeune homme ont fait construire une cabane à sucre. Une grange, une étable, un poulailler. Le bois commence au bout d'un grand terrain vague et s'ouvre sur une plantation d'épinettes où ils peuvent marcher sans jamais voir le soleil. Les conifères sont tellement hauts et la distance qui les sépare si bien calculée qu'on dirait qu'elle les rapproche. Des aiguilles jonchent le sol en permanence et forment une route qui pointe dans toutes les directions en même temps. L'érablière se situe en bas complètement.

Il traverse le petit pont fabriqué avec des troncs d'arbres et passe devant une cache abandonnée. Au début de l'été, les oisillons percent la coquille bleue de leur œuf, des champignons jaunes sortent comme par magie d'on ne sait quel merveilleux monde souterrain, et une enivrante odeur de sève se dégage dans l'air. Le petit garçon ramasse des pommes de pin qui n'ont rien à voir avec celles qu'on trouve en ville, celles-là sont dures et grandes, elles résistent à tout. Il leur arrive de croiser des perdrix et des chevreuils. Alors qu'il marche un soir à la brunante, le couple aperçoit un coyote. À la brunante, la forêt permet tout, vous pouvez mourir tué par un coyote et aucune racine ne se lèvera pour l'en empêcher. À la brunante, la nature reprend ses droits. Il s'enfonce si profondément dans sa solitude qu'il n'entend pas le vent souffler ni ne sent la morsure du froid sur ses joues. Une pellicule de sueur lui colle à la peau lorsqu'il lève la hache au-dessus de sa tête. Un marcheur égaré ne saurait deviner si le bruit qu'il entend est celui d'un arbre qui tombe ou d'un crâne qui explose.

Je regarde nos souvenirs, des archives brûlées.

Dans ma main, un petit cœur noir.

Sur le crochet de l'entrée, une veste que quelqu'un a oubliée. Je décide de ne pas l'enfiler. Je ne porterai pas le poids d'une autre vie sur mes épaules.

Y toucher me révulse.

J'enfile des gants, je la jette aux poubelles.

Pleurer debout, chier assis, enfanter sur le dos. Tous ces supplices qu'on s'impose pour l'avenir de la civilisation.

Comme une araignée en danger, mon instinct de survie me commande de faire la morte.

Tu désires inviter un de tes amis à coucher, et je ressens pour la première fois la honte de notre condition, soit celle d'être une famille en appartement.

Une mission occupe l'entièreté de ma journée : enlever les étiquettes de prix laissées sur les couvertures de nos livres.

Une mission occupe l'entièreté de mon lendemain : replacer tous les livres que j'ai sortis de la bibliothèque la veille.

Dans l'intervalle, aucune nouvelle de ton père. Je sais ce qu'il est parti chercher, mais il ne le trouvera pas.

Pendant un bon moment, ton père reste pour moi une vision (il y a une différence entre collectionner les images et avoir une vision). Je me convaincs que nous serons réunis lorsque nous aurons quarante ans et qu'il aura réglé ses foutus problèmes. Je me fais croire que je pourrai reprendre le temps exactement où je l'aurai laissé. Tu seras majeur. Nous pourrons vivre nos jeunes années. Quand je pense à lui, je vois une grande boîte rectangulaire et transparente dans laquelle je peux dormir paisiblement.

Les hommes que je rencontre voient en moi un produit fini. Aucun d'entre eux n'a assisté au processus, aucun d'entre eux n'a été mon témoin. Je ne fais plus lire mes textes à personne, je ne lis plus les premiers jets de personne. Parce que c'était de cela qu'il s'agissait. Là où les autres ne voyaient qu'un livre, ton père revoyait la boucle des années qui avaient été nécessaires à sa confection. Tous ces jours, tous ces soirs passés ensemble dans la même pièce à lire sans se dire un mot, ayant chacun la conscience du travail à faire. Bien sûr, il nous arrivait de déroger au plan, il avançait le fauteuil à côté du sofa et voilà que nous commencions à discuter sans nous en rendre compte durant des heures. Tous ces midis passés à la table de la cuisine, tous ces cafés bus ensemble au Cantook à Québec et chez Ferlucci à Montréal. Pendant longtemps, nous avons été ensemble vingt-quatre heures par jour, ou presque, le temps béni des études. Il y avait là quelque chose de précieux, une routine qui prenait l'allure d'un rituel. Je ne vois vraiment pas ce qu'on pouvait demander de plus, mais il lui arrivait parfois de se plaindre qu'on ne s'amusait pas assez. À cela, je n'avais rien à dire, je haussais les épaules. Nous avons vécu tellement de premières fois, tous les deux. Son premier article dans *Le Devoir*, les remises de diplômes, le premier voyage à Paris, puis en Angleterre. Les premiers poèmes publiés, les nombreux appartements. Cette soirée dans un bistro français sur Prince-Arthur à cinquante dollars le couvert alors qu'on ne travaillait pas. Nous avions même fait un enfant.

J'ai longtemps eu peur d'avoir un cancer en restant avec ton père. De m'user prématurément. Lorsqu'ils explosent, il est évident que les chocs logent dans le corps leurs particules toxiques. Et le cerveau s'habitue à s'éloigner de lui-même. S'habitue au point de rendre le corps malade et de succomber à quarante ans d'une maladie dégénérative ou foudroyante. Lorsque je serai vieille, faites que je ne sois pas sénile et que je ne me réfugie jamais dans ce passé comme s'il existait encore. Comme si j'y étais chez moi.

Quand ton père et moi nous sommes quittés, plusieurs maux sont apparus, à la manière d'une digue qui lâche. Voilà que mon corps avait le champ libre pour se faire entendre. Bras engourdis, sueurs. Moi qui cherchais une explication à tout, je ne trouvais maintenant aucune raison à mes décalages, hormis cette image de digue qui lâche encore et encore, cette image de torrent qui se déchaîne encore et encore. Je craignais de ne jamais retrouver mon état « normal », celui de ma vie avec (avant ?) ton père – mais cet état « normal », je me demandais s'il avait vraiment existé. Je me réveillais avec des nausées, des migraines. Les os m'élançaient, comme si je recommençais à grandir. Je n'avais pas l'impression que la vie telle que je la connaissais était terminée, mais bien qu'elle se terminait chaque jour, qu'elle ne cessait jamais de se terminer. Je me dérobais à moi-même.

Quand ton père et moi nous sommes quittés, il m'a semblé que le temps passait soudain très rapidement. Les jours et les nuits s'envolaient. Sans que je m'en rende compte, l'automne arrivait, cela faisait quatre semaines, cinq mois. La vie me reprenait comme un pion sur son erre d'aller. Je réalisais combien nous avions évolué hors de la matrice du temps au fil des dernières années. Je ne m'étais pas vue vieillir. Identique et pourtant complètement changée. Oui, le temps s'était vraiment arrêté. J'avance désormais seule. Je me surprends à émettre des jugements déplaisants et sans équivoque – « Je ne pourrais jamais être avec un homme qui porte une montre », « Goût vestimentaire douteux », « Intelligent, mais pas de la façon qui me permet d'entrevoir l'avenir », « Érudit mais vide », « Yeux bleus, impossible », « Dents parfaites, impossible », « Pas envie de lui parler toute la nuit ».

Ce qui manque aux autres sont les années que ton père et moi avons passées tous les deux.

Je suis coincée entre deux spirales spatiotemporelles. Celle de la rupture se superpose à celle du deuil. L'une et l'autre génèrent des brûlures différentes et affectent des couches de mon esprit qui, si elles sont complémentaires, ont peu à voir ensemble. Le départ de ton père est plus ancien que le tien, mais ta mort replace le sien sur ma route comme si c'était arrivé hier. Je me fais croire que j'ai besoin de lui pour traverser cette épreuve ; j'ai besoin de *croire* en quelque chose. Je n'avais qu'un but : parler des mêmes sujets avec lui durant cinquante ans, qu'on écrive chacun dans un bureau séparé, puis qu'on décide finalement d'écrire dans la même pièce. Que tu dises à tes amis : « Mes parents sont fous ! » Fous l'un de l'autre, on l'était.

On parle souvent des parents qui s'oublient pour leurs enfants, mais rarement de ceux qui ne parviennent pas à s'oublier pour leurs enfants. Sans nous en rendre compte, nous reprenions nos discussions là où nous les avions laissées. Tu haussais le ton pour parler plus fort que nous, tu nous lançais des regards noirs. De suite, on arrêtait, désolés. Mais il suffisait de quelques minutes pour que ça recommence. En vérité, tout fonctionnait à la perfection lorsqu'on fonctionnait en binôme. Moi avec toi, ton père avec toi. Mais les trois ensemble ? Un fiasco.

Est-ce toi qui es mort ou ton père et moi qui nous sommes séparés ? Si tout redevient comme avant, que nous sommes désormais seuls chacun de notre côté, lui et moi, est-ce dire que rien n'est arrivé ?

J'écoute des balados sur France Culture. La voix de Maggie Nelson ressemble exactement à ce que j'avais imaginé. Je veux marcher sur le trottoir avec ta main dans la mienne sans que rien vienne s'interposer entre nous. Mes larmes reconfigurent mon visage. Je déteste pleurer *dans le vide.* Tu lances des cailloux dans la rue. Dehors, il n'y a personne. La pluie tombe depuis ce matin, tu portes ton imperméable orange. Tu te retournes, tu me souris. Nous irons boire un chocolat chaud et manger un bonhomme en pain d'épice. Tu me places au bon endroit sur le parcours de ma vie. Avant que tout bascule pour de bon, regarde-moi encore. Parle-moi de la couleur de mon vernis à ongles, de mon manteau en jean. Parle-moi du sens premier. Je repousse le chat aussi loin que possible. Je lave la salle de bain. Je ne te réponds pas, je prends ta main pour observer les vagues qui se forment à la surface du fleuve à Kamouraska. Je veux être seule avec toi dans une foule et avoir peur de te perdre.

Hier et demain portent en eux le même combat.

J'attends que quelque chose se passe. J'attends de recommencer à lire. J'attends qu'on parle de moi. J'attends de remporter une bourse – je ne postule à rien. J'attends que quelqu'un m'écrive – je n'ai aucune amie. J'attends qu'on me demande de participer à un projet – lequel ? J'attends que quelqu'un pense à moi. J'attends qu'on vienne me chercher – pour aller où ? J'attends que le jour se termine. J'attends que la nuit passe. J'attends que mes parents s'excusent d'avoir été aussi médiocres – il est trop tard. J'attends que ton père fasse une dépression – le salaud. J'attends de recommencer à manger. J'attends que les gens arrêtent leur comédie. J'attends que les masques tombent. J'attends que la poésie fasse son travail. J'attends que les images s'éteignent. J'attends l'attente. J'attends que tu sortes de mon corps. J'attends le moment où je ne me relèverai pas. J'attends que les escargots se réveillent. J'attends d'arracher mes ongles. J'attends qu'on me dise que je suis en retard. J'attends de tirer un trait. J'attends de lancer tes livres au bout de mes bras. J'attends de rappeler le psychologue pour prendre rendez-vous. J'attends qu'on me dise bravo. J'attends que quelqu'un me reconnaisse. J'attends de partager un repas au restaurant. J'attends que les gens réfléchissent. J'attends que les spécialistes du marketing cessent de nous prendre pour des épais – « vêtements dessinés au Québec » est une manière polie de dire « vêtements faits en Chine ». J'attends qu'Apple arrête de sortir un nouveau modèle d'iPhone. J'attends que les automobilistes fassent leurs arrêts. J'attends qu'on me vende quelque chose – un rêve qui se transforme en cauchemar. J'attends une bague. J'attends une main dans la mienne. J'attends de marcher sans me retourner. J'attends la dernière fois. J'attends d'avoir du courage. J'attends de sauter d'une falaise. J'attends de cracher au visage de quelqu'un. J'attends que des multinationales fassent faillite. J'attends de commettre une fusillade dans un autobus bondé. J'attends de boucher toutes les prises de courant. J'attends de pouvoir fouiller dans mon crâne à mains nues. J'attends que la marée s'inverse. J'attends que la lune tombe et que la terre soit aspirée par le chas d'une aiguille. J'attends que les murs s'écroulent. J'attends que tout explose. J'attends que le décor cesse de tourner. J'attends la peur. J'attends un homme. J'attends de fermer les yeux. J'attends que ma voix soit prête à hurler. J'attends. J'attends. J'attends. J'attends que tu reviennes.

Je pense à toi et ton visage apparaît, éclairé par le soleil qui entre par la fenêtre. Tu ne dis rien, mais tu es là, tes cheveux bougent doucement, je reconnais tes pupilles malicieuses, je peux presque y toucher. Le souvenir n'en est pas un, c'est une fabrication de mon esprit qui essaie de trouver une manière d'aller à ta rencontre ; tu baignes dans une atmosphère où les ondes se déforment différemment, ce n'est pas mon tympan qui vibre à ton contact, non, c'est une mélodie que je sens irradier dans mon corps et qui œuvre afin de faire de cet espace un refuge, une présence.

Toutes les images que j'ai conservées se superposent et aboutissent à ce résultat, elles dilatent le néant où tu es comme s'il commençait à respirer. Le son coupé, nous ne faisons qu'un, ma tête est en symbiose avec toi, sert de projecteur. Je ne sais pas de quelle couche mémorielle provient ce trépas sans mort, si je l'ai intercepté avant ta naissance, mais je sais que je dois garder les yeux ouverts pour y accéder. Et me laver les mains. Lorsque je ferme les yeux, c'est la nuit qui m'emporte et qui t'emporte aussi. Malgré *tout,* une certitude embarrassante, vulgaire, m'enveloppe : je ne vais pas mourir, mon amour. Avec ou sans toi, je continue à vivre et à déposer ma mémoire entre les objets pour faire place à demain.

Au début, les fleurs sont aussi laides qu'un nouveau-né. Leurs pétales fripés se déplient dans la lumière du jour en ne sachant pas comment s'ouvrir. J'ai acheté un bouquet de chrysanthèmes jaunes que j'ai placé sur la petite table basse dans le salon, parmi les plantes vertes, les tasses de café vides et les *Letters Home* de Sylvia Plath, un beau livre à la couverture rose bonbon. Le fleuriste m'a dit qu'ils ont besoin d'un minimum de quatre heures d'ensoleillement par jour. Leurs pétales me font penser à de petites mains tendues vers le ciel.

J'ai perdu la connaissance des moments où nous avons la certitude de pouvoir tourner la page sur à peu près n'importe quoi, puisque, comme on dit, tout passe. Ces instants où une chanson parvient à nous transporter hors du temps de nos échecs et de nos malheurs. Nous ne répondons plus au téléphone. Nous n'allons plus sur Facebook. Nous nous mettons en mode veille. Je ne m'assois plus dans mon fauteuil, mon carnet d'écriture à la main, en ayant l'impression qu'une caméra recule jusqu'à me perdre complètement, *somewhere over the rainbow.*

Je bois un café et je plie des vêtements, geste réconfortant entre tous. Je fais ton lit en prenant soin de bien tirer le drap sous la couette, puis je passe ma main par-dessus comme pour lisser du sable sur une plage. Ma vie manque de rituels maintenant, de gestes maintes fois répétés. Au contraire, chaque action me paraît cruellement neuve, renouvelée comme si c'était la première, je n'y attache aucune signification particulière. Je comprends que ce sont les gens qu'on aime qui accordent aux gestes une profondeur. C'était pour toi que je faisais ceci ou cela, pour toi que je cuisinais des pâtes fraîches et des muffins aux bananes. Je n'avais qu'à regarder ton visage pour *savoir* où j'allais. C'est le fait de *savoir* que tu apprécierais l'odeur de tes draps qui m'envoyait faire valser une feuille d'assouplisseur dans le sèche-linge. Avec toi, je savais.

Je mets plusieurs de tes jouets dans un bac que je dépose au coin de la rue, sans me résoudre à y glisser les nombreux exemplaires de *Pomme d'api* que tu dévorais. Si jamais tu reviens… Dix minutes plus tard, le bac a disparu.

Les jours s'empilent mais ne se suivent plus.

J'essaie de trouver la bonne façon de représenter ma situation.

Vous empruntez le même escalier tous les jours pour sortir de votre appartement, et ce, depuis des années. Le décor ne change jamais et se résume à bien peu : des murs, un plancher, deux fenêtres à chaque extrémité des étages que vous descendez et montez quotidiennement. Une lampe suspendue à chaque palier. Puis, un jour, votre œil remarque une boîte de bois fixée à un des murs et freine votre élan d'un coup sec. Impossible de déterminer si la peinture de la boîte est fraîche – ce qui voudrait dire qu'elle vient d'être installée – ou si la boîte était là depuis le début et c'est vous qui ne l'avez jamais remarquée. Votre œil vous a-t-il fait faux bond tout ce temps ? Vous êtes convaincue que non, et pourtant il se pourrait bien que la boîte fasse partie du décor depuis bien plus longtemps que vous. Vous essayez tant bien que mal de remonter le fil des événements, vous essayez de remonter jusqu'au premier jour de votre emménagement. Cela vous obsède. L'inquiétante étrangeté s'installera pour un moment. Vous ne ferez plus confiance au lieu.

Ta mort était-elle prévue depuis le début ? Est-ce que j'avais mal regardé autour de moi ? Je suis convaincue que non, et pourtant il se pourrait qu'elle ait fait partie de toi avant toi.

Dans mon grand appartement, je suis seule avec des planchers croches. Le reflet des feux de circulation entre par la fenêtre et imprime leurs couleurs sur le mur. J'observe les rares passants qui déambulent dans la nuit froide. S'il est difficile de laisser partir quelqu'un tant aimé, son enfant, il est encore plus difficile de réaliser que nous sommes ceux qui partent. Tu ne vas nulle part. Ta tombe t'a scellé au même endroit *ad vitam æternam*. En vérité, c'est moi qui n'en finis plus de m'en aller.

Un regain d'énergie m'envahit. Je veux manger, courir et marcher sans savoir quand je vais revenir. Je m'habille et je prends mon sac. C'est en claquant la porte que je vois mon trousseau de clés laissé sur la table.

Mes mains tremblent. J'ai peine à croire ce qui m'arrive. J'ouvre mon portefeuille, je vide mon sac par terre dans l'espoir que cela fera passer mon trousseau à travers la porte. J'ai fait changer la serrure. Le propriétaire n'a pas la nouvelle clé. Je cherche le numéro de téléphone d'un serrurier, mais trouver un serrurier ouvert à Québec à cette heure? Je regarde les premiers résultats qui s'affichent dans Google sans les lire vraiment. Tous des serruriers basés à Montréal. Je ne pense qu'à une chose: notre vie m'est barrée. Je n'y ai plus accès.

Je donne un coup de pied. Puis deux et trois. Malgré l'écart qui se crée entre la porte et le cadre, ce n'est pas suffisant pour que je puisse glisser ma main et déverrouiller de l'extérieur. Je tente alors le tout pour le tout et défonce la porte. La voisine ouvre discrètement la sienne, puis la referme. Elle regardera la scène à travers le judas. La feuille de bois se décolle depuis le centre jusqu'en bas. J'arrive à ramper comme un chat par l'ouverture. Je me retrouve cependant devant un nouveau problème : je n'ai plus de porte. Notre vie ne m'est plus barrée, au contraire. Maintenant, tout le monde y a accès.

Les différentes parties de la porte tombent au fur et à mesure que j'essaie de les remboîter. Je recule et constate les dégâts. Une porte sans centre, autrement dit ouverte à tous. Je pleure sans m'en rendre compte. Je ne pense pas à enlever mes bottes et mon manteau. Je visse et je cloue avec mon habit de neige sur le dos. Ma tuque. Je ne vois pas les blessures que je m'inflige aux mains. Les nombreuses coupures qui se dessinent au rythme de ma peau qui glisse sur des clous sortis de la charpente. Les échardes. Tout ce sang sur la peinture blanche. J'aurai les mains enflées durant une semaine. Si par miracle je parviens à ne pas crier, je suis assaillie par l'idée du suicide. Tout est fini. Je n'ai plus de porte, cela ouvre ma fin. Terminé. Je suis secouée de spasmes, les os de mon cou se raidissent. Je regarde dans toutes les directions, incapable de bouger, un marteau à la main. Piégée par mes propres actions. Qu'est-ce que j'ai fait ?

Tu descends la côte devant l'église Saint-Jean-Baptiste lorsque les roues de ton vélo s'emballent. Je ne m'aperçois de rien, trop occupée à ranger mon appareil photo. Au moment où je relève la tête, il est déjà trop tard. Je vois l'autobus de la ville arriver. Je te hurle d'arrêter, de freiner. Je te supplie de te lancer en bas de ton vélo. Mais je ne bouge pas. Pétrifiée, assiégée par le retour de ma propre fin. Ta frayeur tend entre nous un fil de fer, et je tombe à genoux sur les pavés. La dernière scène se passe des acteurs qui ont appris leur texte par cœur depuis longtemps. Tu pleures, tu cries. Tu ne veux pas mourir. Et c'est bien le pire. Une révélation pour moi qui ai toujours cru que mourir ne te ferait rien. Tu te diriges vers ta mort en pleine détresse, les yeux fous. Un homme dévisse une ampoule allumée à main nue. Je compte les lettres de ton nom et, à l'intérieur de mon corps, des bras me tirent vers l'arrière. Le monde se remballe en un tournemain et retombe dans ma poche. En moi, plus rien ne circule, je m'abandonne en haut de la côte, et pourtant c'est ma main qui te tire vers l'arrière. Tu deviens toi-même extérieur à la seconde sur laquelle tu règnes en maître. Je ne sais pas qui je sauve, je ne sais pas si je sauve quelqu'un. Dans mes bras, un animal échappe au piège tendu par un braconnier. Je me promets de l'apprivoiser.

Je hoche la tête de gauche à droite comme une poupée démantibulée.

Je me réveille alors que je ne me savais pas en train de dormir.

Je transporte ma douleur de pièce en pièce.

J'allume la télé, regarde *Les Enquêtes du commissaire Laviolette.* Dès le début, je sais qui est coupable, les mises en scène macabres ne sont convaincantes qu'à moitié, mais je me laisse prendre au jeu, je n'ai rien d'autre à faire. J'ai besoin qu'on me raconte des mensonges une petite heure. Le soleil entre comme d'habitude, la neige tombe comme d'habitude.

Je regarde les informations en coupant le son. Elles jouent en boucle à LCN et à RDI. Je tente de deviner ce qu'il en est par le truchement des expressions faciales des chefs d'antenne. Aucun homicide, aucun bombardement ne m'apaise. L'humanité entière pourrait sombrer et ne ferait pas le poids face à ta disparation silencieuse. Le soir, mon visage est éclairé par le halo bleu, j'ai la conviction d'un drap épinglé sur une corde. J'attends que le travail se fasse à ma place. Entre la merde et le sang, entre l'arbre et l'écorce. Médusée. J'attends qu'on vienne me chercher.

J'essaie d'aller marcher. Les petits chiens me donnent des envies de meurtre. Tout ce qui s'appelle chihuahua, schnauzer, *et cætera*, et qui gambade, la queue frétillante et les yeux stupides. Chaque fois que je croise quelqu'un, je me retiens de le faire sursauter. BOUH ! J'y pense, les yeux déments, et ça me fait rire. Je cherche quelqu'un qui aura plus peur de moi que moi.

La nausée m'accompagne dans tous mes déplacements, comme si j'étais enceinte. Je tente sans succès de reprogrammer les rouages de mon cerveau. Le mécanisme devrait opérer de l'avant vers l'arrière, mais c'est plutôt l'inverse qui se produit, le mouvement du balancier redescend dans le présent. Tac-tic.

Je me demande comment faire confiance à la musique et aux images à nouveau. Comment les laisser me jeter de la poudre aux yeux encore. J'ai besoin de croire en quelque chose, même si c'est un arrangement. J'ai vu le monde, et cela me suffit. Mais je me méfie du moindre accord, de la moindre note qui suscite instantanément la même mélancolie chez tout le monde, la tonalité mineure. Je me méfie du timbre de la voix. Tant de chanteurs et de musiciennes savaient naguère parler à mes légendes. Aujourd'hui, je ne fais que me tourner et me retourner lorsque je les écoute, et il n'y a personne derrière mon épaule. Que le vide qui me raconte. Idem pour les images. Je les renverse, je les arrache. Je ne m'en gave que pour mieux les recracher. Un modèle de sac. Une coupe de cheveux. Un statut social. Une jeunesse. Une manière de vivre. Une façon de regarder qui dit : « Le monde m'appartient. » Être nés la même journée.

Venir de la même région reculée. Avoir des amis en commun. Je veux jouer dans une série à la télé. Il pleuvrait, ce serait l'automne à Montréal. Je serais dans une voiture ou sur le trottoir. J'embrasserais quelqu'un comme si rien ne m'était jamais arrivé. Une caméra tournerait autour de moi et ferait un gros plan de mes mains, de mes cheveux. Les scènes seraient écrites à l'avance et c'est pourquoi tout fonctionnerait. Je tente de remonter le courant des chansons qui me mettent dans cet état afin de voir ce qui se cache derrière, sans y parvenir vraiment. Oui, faire confiance au son à nouveau. Sans image, c'est le néant. Sans image, je me demande si je pense encore par moi-même. Qu'est-ce qui, en moi, ne provient pas d'une source extérieure ? Y a-t-il seulement un regard qui m'appartienne ? Nous payons cher le prix de nos symboles.

L'écume aux lèvres, les yeux fermés. Je suis une image en suspension. Une jeune fille qui danse dans une fête de fin d'année dans une série Netflix. Au milieu de la piste, tu n'es pas mort. Tu es là, et je ris avec toi. Je n'ai même plus envie de pleurer. Au milieu de la piste, je bouge sans craindre la noirceur du monde. *She looks like the real thing. She tastes like the real thing.* Une image qui laisse la musique et la lumière parler pour elle. Une image qu'on regarde à travers un écran, mais à laquelle on tient.

Tu apparais dans les bruits qui surgissent de nulle part. Dans la scie mécanique du voisin le samedi matin, dans le battement d'ailes du pigeon qui se pose à la fenêtre et qui repart s'installer sur le toit en tôle de l'immeuble d'à côté. Tous les bruits te donnent corps. Lorsque j'entends craquer le bois du mur, je pose ma main sur la surface et te rejoins à rebours de l'espace et du temps. Tu ne me laisses pas seule. En donnant mon nom à la libraire pour qu'elle puisse accéder à mon compte fidélité, je réalise que je ne sais plus comment me présenter à la face du monde. Mon nom sur Facebook n'est pas le même que celui de mon compte à la librairie, n'est pas le même que celui inscrit dans mon dossier à l'université. Longtemps, j'ai écarté le nom de mon père. Assez pour préférer te donner le patronyme d'un homme qui s'est suicidé, mon grand-père maternel. Oui, tu portais une mort beaucoup plus vieille que toi… Je n'habite plus aucun de mes noms. Je demande à la libraire de laisser faire. Dorénavant, je n'accumule plus les remises lorsque j'achète des livres, je paie le gros prix.

Je m'éloigne du violon et du piano, les deux instruments qui s'accordent le mieux avec l'élan nécessaire au suicide. Au revoir Jean-Michel Blais, au revoir Gabriel Fauré. J'avance dans une forêt en sourdine, vêtue d'un long manteau noir qui se soulève à chacun de mes pas. Lorsque je tourne la tête d'un côté, les arbres se retournent de l'autre. Je tends le doigt vers le ciel. J'attends le générique qui mettra fin à la vie de mon personnage. Je me cache encore pour pleurer. Au-dessus de mon lit, la caméra recule et perd de vue mon combat pour la suite du monde.

Je suis seule, assise à la table de la salle à manger. L'horloge me regarde et fait sa ronde toute seule. *Au bout du chemin, dis-moi ce qui va rester.* Il ne restera rien. Je disparaîtrai comme tu es apparu : en un coup de vent. J'essaie de pêcher ce qui, tous les jours, s'abîme au fond de mes yeux. Ce sont les autres qui font passer le temps. Tandis que je suis assise à la table de la salle à manger, mon visage change, mais moi, je ne bouge pas.

Alors que je tourne les coins rond un peu plus chaque jour en parcourant le diaporama de notre vie, je n'en reviens pas de la facilité avec laquelle je me rappelle encore où est située la cannelle sucrée dans le garde-manger, s'il reste ou non de la fécule de maïs ou des flocons d'avoine à cuisson rapide. Le pot d'huile de noix de coco tire à sa fin, mais la bouteille d'huile d'olive est encore pleine. Je devrai racheter des barres tendres bientôt, du beurre d'arachide. Une seconde suffit à dresser l'inventaire. Le garde-manger comme une structuration de mon espace mental. Mais je continue de perdre des morceaux de toi. Même quand tu étais ici, devant moi, j'en perdais. Je n'ai jamais su si tu avais été au bon endroit au mauvais moment ou au mauvais endroit au bon moment.

Je suis frustrée. Je t'en veux de me mettre dans cet état, comme si je devais attendre encore et encore. Attendre ou patienter, quelle est la différence ? Je suis coincée dans une boîte au milieu de nulle part. Je peux sortir, mais la vraie question, la seule qui compte vraiment, est : pour aller où ?

Sur une des bibliothèques du salon, les bibelots

d'éléphants gardent la trompe en l'air. Les têtes cassées d'un Christ en croix et d'un angelot rapporté de Lourdes qu'une artisane m'avait offertes me regardent. Pétales séchés d'une rose devenue vieille, de pissenlits, de la terre, des feuilles, une branche, deux coquilles d'escargots jaune et noir, une peinture de nos mains posées l'une à côté de l'autre, la photo de mon grand-père suicidé, un dé avec des lettres à la place des chiffres, *Derniers poèmes d'amour* de Paul Éluard.

Je mets en scène un ballet, une chorégraphie sur pointes. Des corps qui s'arrachent et qui s'envolent. Une seule respiration. Mon enfant, mon amour. Je continue de te chercher parmi les vivants.

J'essaie d'abattre le mur de la vague, de tirer sur son épaule comme on tire un drap afin de voir ce qui se cache en dessous et qu'apparaisse la trappe. Laisse-moi encore une chance de t'attraper quand tu sauteras pour voir la lumière au bout du tunnel.

Je transporte tous tes vêtements dans le salon et les laisse tomber sur le sofa. Un léger frimas glace les fenêtres. J'ai envie de nous faire un chocolat chaud extra guimauves. Puis je me rappelle. Et je suis tannée. Tu sais à quoi tu me fais penser ? Aux coupures d'eau répétitives qu'il y a ici. Le propriétaire nous informe que l'eau sera coupée, il doit remplacer le chauffe-eau ou autre chose, et cela me frustre énormément (pourquoi on paie ?). Je sais qu'il n'y a pas d'eau en ce moment, je suis même allée en acheter une bouteille au dépanneur. Mais j'ouvre le robinet par automatisme. Je sors mes ciseaux, mon fil et une aiguille, et je découds les ourlets. Si ton père était là, il secouerait la tête d'un air découragé. Je ne sais pas où il est. Peut-être en Beauce, peut-être ailleurs. Partir. Je me suis réveillée et il n'était plus dans l'appartement.

J'allume la télévision et je sursaute en entendant les voix surgir de l'écran. Le son est réglé au maximum. Je me frotte les yeux et j'entreprends une tâche qui occupera une partie de mon avant-midi. J'assemble toutes les pièces de tissu provenant de tes vêtements et je me fais une couverture, un manteau de ta peau.

J'actionne le mécanisme de ta boîte à musique et imagine les petits animaux qui avancent. Une représentation miniature de l'arche de Noé qui m'appartenait lorsque j'étais enfant. Un son cristallin emplit ta chambre. Je me couche sur ton lit. Me glisse dans tes draps frais. Le plafond s'éloigne, les murs reculent. Tu charges de vent les voiles du navire. Est-ce un sourire que je vois sur ton visage ? On dirait que tu as grandi, tes jambes s'élancent et tu es magnifique avec ta peau dorée. Tu me regardes et je te regarde. La mer est calme. Le soleil élargit le ciel, fait scintiller tes bouclettes. Des perles d'eau pendent à leur pointe. Tu es de mon espèce et tu n'as jamais été bien loin. Dis-moi que tout ceci est un grand spectacle et qu'il se termine à l'instant. Que ton départ a assez duré. Ma gorge brûle.

Tu abaisses le levier du temps, la spirale d'un escargot tourne à gauche et met en branle les cadrans d'une grosse montre. Les aiguilles s'alignent, tu t'éloignes tranquillement. Tu n'as pas envie de cesser de jouer. Le plus grand tragédien des temps modernes. Je reste plantée là. Une larme roule sur ma joue et je casse mes lunettes en deux.

Je commence à connaître cet appartement par cœur. Le nombre de jours qu'il faut avant que la poussière se dépose de nouveau sur les moulures. Le temps requis pour laver les planchers. Je suis en mesure de deviner ce que font les voisins du haut à la manière dont craque le plafond.

Je peux presque croire que j'ai imaginé tout ça. Ta vie, ta mort n'ont jamais existé. N'importe qui peut acheter un lit d'enfant, des livres d'enfant, des vêtements d'enfant. Comment en être sûre ? Je ne connais plus mon âge. C'est le tien qui ajoutait des années aux miennes. Tu faisais + 1 et je faisais + 1. Je calculais tout de cette façon. Lorsque tu auras dix-huit ans, j'en aurai quarante, et ainsi de suite.

L'espace fourni par le temps, la disponibilité des catastrophes, le vide entre les objets, tout cela est prétexte à tant de scénarios. Comment être sûre ? Chaque matin fait de l'espace vide un laboratoire où tout arrive. Un accident de voiture, un verre qui tombe, une feuille qui s'envole. Il y a trop d'espace vacant à combler, et mes pensées sortent de leur orbite. Je rêve d'une pièce pleine à craquer, du plancher au plafond, qui se donnerait à voir d'une seule manière possible.

Le temps passe et tu ne t'effaces pas. Ce n'est pas forcément toi, ce n'est pas forcément moi. C'est ce qui nous précède. La somme des moments partagés permet de mesurer ce qui reste à faire. Ce n'est pas une fusion, je ne deviens pas toi, c'est une synesthésie. J'avance plus vite pour compenser ton immobilité et je me demande si l'amour ne consiste pas en cela. Trouver un rythme pour continuer à marcher avec ceux qui ne se lèveront plus jamais.

Je pourrais écrire cinq cents pages sur ta main droite, mille pages sur la manière dont tes cheveux bouclaient après les avoir lavés et mille pages encore sur le grain de beauté qui avait élu domicile au milieu de ta nuque. Je pourrais écrire un livre qui répertorierait tous tes types de rires, les façons dont ta peau s'abîmait et les vitesses auxquelles elle se réparait. Je pourrais ne jamais en finir avec toi. Mon savoir intime.

la musique s'arrête où la littérature commence
ton père donne un coup de poing sur la table
et je lève ma tasse dans les airs à ta santé
quand on me parle, je plisse les yeux.

Le dictionnaire reste au même endroit, ouvert sur le coin de la table. Ta mort me fait oublier beaucoup de choses, mes facultés cognitives se reprogramment constamment à mon insu. Lorsque tu es né, j'oubliais aussi un mot sur trois, ne retenais rien de mes lectures. Les textes passaient à travers moi comme un tamis. Parfois, je dis « Bonjour » à voix haute pour me rappeler à moi.

Le dictionnaire est toujours ouvert, car la signification des mots a été éjectée de mon cerveau. Je dois chercher leurs définitions maintenant, puisqu'ils ne veulent plus rien dire. Je m'attache aux définitions sans leur faire confiance, elles n'ont pas été rédigées pour *ça*. Elles se foutent de ma gueule. Pourtant, écrites en noir sur blanc dans l'ordre alphabétique, elles sont tout ce que j'ai. J'essaie de ne pas les contester. Mais lorsque le langage ne se rapporte plus qu'à la perte, le doute vous assaille. Vous inversez des lettres, répétez les mêmes mots, les mêmes phrases.

Enfance : « Commencement de ce qui se développe. »
Mort : « Cessation complète et définitive de la vie. »

Je ne sais pas ce que tu deviens, où te chercher. Contrairement à la personne vieillissante qui se trouve à la porte de son tombeau, on dirait que l'enfant mort ne cesse jamais de mourir tout à fait. Il rejoue sa mort, figé dans la fin de ce qui commençait.

En te perdant, je perds bien plus que toi. Les prestations m'ont été retirées. Évidemment. Pourquoi aurais-je encore droit au Soutien aux enfants s'il n'y a plus aucun enfant à soutenir ? L'école, c'est tout ce qui me reste. Le mode de vie universitaire est l'occasion idéale pour désapprendre à être la mère de quelqu'un.

Ton père et moi serons à jamais passagers du même naufrage. Un jour, il y aura les bouées, le calme de l'eau et l'impression de rentrer au port, mais quelqu'un manquera à l'appel. La nausée s'est installée pour de bon. Nous aurons toujours l'impression de ramper parmi les vivants, de surgir de la terre pour nous y enfoncer aussitôt.

Je ne sais pas si nous vieillissons ou si nous rajeunissons. Dans tous les cas, nous rapetissons, bientôt nous serons réduits à un tas d'ossements. Nous parlerons de nous au passé, puis nous ne parlerons plus du tout.

J'assemble des boîtes que je remplis de tout ce qui me tombe sous la main. Je crois à la mémoire qui oublie et j'essaie de me surprendre en pigeant au hasard dans les cartons des objets qui semblent appartenir à une autre époque. Déménager est au-dessus de mes forces. Mais vivre dans un grand cinq et demie toute seule devient ridicule.

J'observe les escargots à travers la vitre du terrarium. Ce sont des êtres de nuit qui passent la journée cachés dans leur coquille. Au matin, je mouille la terre, je remplace la nourriture de la veille par des légumes frais, je nettoie les parois. Je peux passer des heures à les regarder s'accrocher aux vitres sans jamais faillir, sans jamais tomber. Ils ne rêvent sûrement pas, pour être aussi sages. Lorsqu'il pleut, ils sortent la tête. Tendent leurs antennes. Attirés par l'appel du dehors.

Mon médecin me prescrit des comprimés de venlafaxine. J'en ressentirai les effets dans six à huit semaines, me dit-il. Il me donne des dépliants, le numéro de téléphone d'un centre de crise, une requête pour consulter un psychologue. Je regarde les papiers, l'air hagard, avant de les fourrer dans mon sac.

Dans les faits, la venlafaxine agit dès le lendemain. On m'a droguée. On a amputé une couche de mon esprit. C'est du MDMA, la psychose en moins. Quelques jours plus tard, je *sens* mon cerveau se reconfigurer. Quelque architecte sépare mes hémisphères, change les fenêtres de place. Des briqueteurs et des maçons réorganisent mes tourments.

Un de mes anciens amants est entré en contact avec moi récemment, nous avons discuté de tout et de rien. L'ironie du sort a voulu qu'il me retrouve ainsi que j'étais il y a plusieurs années, c'est-à-dire sans enfant. Tu es né, tu as vécu et tu es mort, tu as fait ton cycle et lui n'a été au courant de rien. Une vie entière, la tienne, me sépare de cet homme. Lui parler renforce mon désarroi. Quelqu'un peut surgir des années plus tard sur un réseau social quelconque comme si c'était hier et me rappeler que ton existence a effectivement passé en un claquement de doigts.

Je n'appartiens plus à mon visage.

Il résume à lui seul toute la bassesse du monde.

Au rayon des cosmétiques de la pharmacie, je demande conseil à des inconnues qui connaissent ma peau mieux que moi.

Je n'ai que le monde pour parler de toi. Un ciel. L'océan. Ma main. Une fleur rouge sang gorgée d'épines. J'attends que tu viennes hanter le ciel.

Contre toute attente, je lis à nouveau. Je ne sais ni comment ni pourquoi mais, pour la première fois de mon existence, j'*entends* la voix des personnages. Ils se matérialisent devant moi, la porte d'un monde s'ouvre. Les textes me pénètrent comme si j'y étais, ils me prennent à témoin. Vivre avec des êtres de papier m'effraie. Je développe des sentiments à leur égard, je me confonds.

À travers la fenêtre, j'ai vu la glace s'accumuler. À travers la fenêtre, j'ai vu la glace fondre. À travers la fenêtre, je vois l'herbe blanchir de nouveau et les pétales se raidir. Les feuilles tomber. Les blessures d'à côté.

Les voitures vont et viennent. Je ne me couche plus sur ton tapis. Je ne fais plus rouler tes voitures en imitant ta voix, en imitant la mienne qui te répond, non. Je ne falsifie plus ma voix afin qu'elle résonne comme l'ancienne, car elle a changé. Ma langue porte la tienne en elle.

J'éteins toutes les lumières de l'appartement. Je ferme les rideaux. J'appuie sur *play* et je me laisse emporter par la vague déferlante. Mes épaules roulent, ma tête tombe. Je danse sur la pointe des pieds en tendant mes bras au maximum devant moi. Pour un instant, tout recommence. L'ordre se rétablit. Mon corps est une caisse de résonance. Montréal, que nous n'avons jamais quittée. Le fil de ta vie jamais rompu. J'envoie les Moires à la retraite. Notre balcon de l'avenue Christophe-Colomb. La ruelle et le rire des enfants. Les après-midi d'été au parc Jarry. La bière blanche et la pizza. Les boiseries de l'appartement. Les photos s'animent sous mes yeux. Je pleure de joie. Tu es là depuis tout ce temps. Tu tournes avec moi. Tout est encore possible. Je me réveille de cette dernière année comme d'un mauvais rêve venu à échéance. Cela n'est qu'une fabuleuse pièce de théâtre, et le rideau se lève. Mes épaules montent et descendent, mon corps se tend et se détend. Je cours avec toi dans une forêt en Beauce. Le soleil baigne les conifères d'une majestueuse poussière d'or. Il suffisait qu'une chanson te fasse apparaître. Je me roule sur le plancher avec l'accumulation des jours sans toi. Je n'ai jamais eu d'enfant.

Je n'ai jamais rien lu. Je n'ai jamais écrit. Je n'ai jamais perdu. Je n'ai jamais rien connu. Je n'ai jamais existé dans la tête de quelqu'un. Je ne sais pas ce que les murs annoncent. *Here comes the river.* Une nouvelle diapositive. Je ne veux pas savoir où je vais, ni même si je vais quelque part. Encore la pointe des pieds. La pointe des doigts. Je porte une robe avec de gros jupons et je lève la jambe sous le regard amusé d'un homme magnifique. Un sourire se dessine sur mon visage. Je veux passer ma vie avec lui. Monter sur un cheval et partir sans me retourner.

Qu'on me le dise, si je recommence à vivre. Je ne retrouve pas le *rythme de ma double souffrance,* je fonds en elle. Ça me chauffe sans me brûler, je pourrais me plier en deux, porter une main à mon ventre sans parvenir à localiser la source de cette irradiation.

Je te sens partir, et ce que tu laisses n'est pas une place vacante, n'a rien à voir avec le vide. C'est une autre manière de respirer.

Il m'arrive d'ouvrir un carnet pour t'écrire, puis j'oublie. Il est de certaines histoires qu'on s'en veut d'inventer. Les années passent et on se relit, méprisant notre cœur d'avoir été si faible qu'il a cru devoir les figer pour l'éternité.

Je me sens arriver à la fin de mes capacités en ce qui concerne mes efforts pour te ramener à la vie. Ta mort me demande du temps et je lui donne ce qu'elle veut, mais cela ne pourra pas continuer ainsi. Avec elle, je marchande, je calcule. Elle est affamée, je ne peux tout lui céder. Logée dans ma tête, elle devient mon centre, l'axe autour duquel je tourne jusqu'à l'écœurement. Je m'enlise dans mon marasme, je sais qu'il faut laisser les morts en paix, mais bon. Moi, je suis ta mère. Mes larmes creusent des rides dont l'absurdité m'échappe et qui dévoilent pourtant tous mes secrets. Ma vie est arrêtée sur toi qui pars. Toi qui tournes ta tête. Toi qui renverses tes épaules vers l'arrière. Je cherche dans les feux l'étincelle de ta dernière pensée.

Je m'imagine fumer, je m'imagine sombrer. Je me tue à petit feu. Je ne comprends plus comment agissent les mères, je les observe de l'extérieur. J'écoute de la musique le matin, et le soir tu reviens constamment. Tu es devant moi. Je te demande d'arrêter de courir dans l'appartement, il faut penser au monsieur en bas. Tu entres dans la grande chambre et tires sur ma robe. « Dépêche-toi, maman. On va être en retard ! » Tu fais un tour sur toi-même, m'adresses un clin d'œil et commences à sauter sur le lit avec tes chaussures. Sur tes épaules, ton petit sac à dos bleu.

Bientôt, je ne ferai plus de différence entre la réalité et la fiction.

Crédits et remerciements

Les Éditions du Boréal remercient le Conseil des arts du Canada ainsi que le gouvernement du Canada pour leur soutien financier.
Canadä

Les Éditions du Boréal sont inscrites au Programme d'aide aux entreprises du livre et de l'édition spécialisée de la SODEC et bénéficient du Programme de crédit d'impôt pour l'édition de livres du gouvernement du Québec.
Québec

L'autrice remercie le programme Première Ovation pour son soutien.

La citation de la page 117 est tirée de Martine Delvaux, « Romanesque », dans Marie Demers (dir.), *Folles frues fortes*, Montréal, Tête première, coll. « Tête dure », 2019, p. 112.

Illustration de la couverture : Scott Bergey, *Untitled*.

L'intérieur de ce livre a été imprimé sur du papier
100 % postconsommation, traité sans chlore, certifié ÉcoLogo
et fabriqué dans une usine fonctionnant au biogaz.

MISE EN PAGES ET TYPOGRAPHIE :
LES ÉDITIONS DU BORÉAL

ACHEVÉ D'IMPRIMER EN SEPTEMBRE 2020
SUR LES PRESSES DE L'IMPRIMERIE GAUVIN
À GATINEAU (QUÉBEC).